外省青年

著

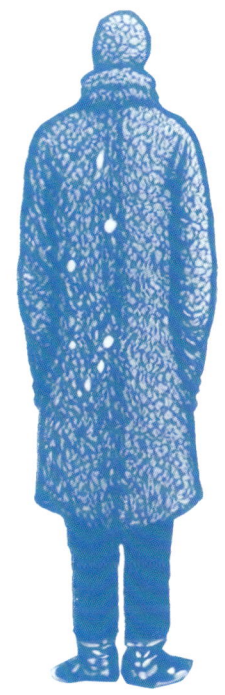

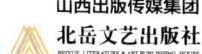

外省青年

张象 著

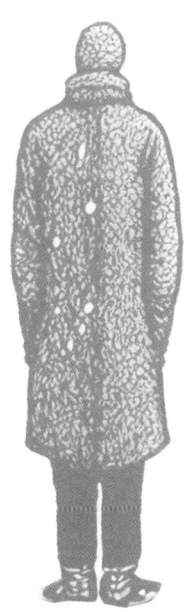

山西出版传媒集团
北岳文艺出版社
—太原—

图书在版编目(CIP)数据

外省青年 / 张象著. — 太原：北岳文艺出版社，2023.8
 ISBN 978-7-5378-6774-0

Ⅰ.①外… Ⅱ.①张… Ⅲ.①短篇小说—小说集—中国—当代 Ⅳ.①I247.7

中国国家版本馆CIP数据核字(2023)第156552号

外省青年　张象 / 著

//
出品人：郭文礼
总策划：汪恒江
策划编辑：董江波
责任编辑：刘晓京
助理编辑：宿文韬
复　审：张　丽
终　审：刘文飞
宣传运营：刘思华
　　　　　董江波
印装监制：郭　勇
装帧设计：装帧设计

出版发行：山西出版传媒集团·北岳文艺出版社
地址：山西省太原市并州南路57号
邮编：030012
电话：0351-5628696(发行部)　0351-5628688(总编室)
传真：0351-5628680
印刷装订：山西万佳印业有限公司

开本：787 mm×1092mm　1/32
字数：137千字
印张：6.875
版次：2023年8月第1版
印次：2023年8月山西第1次印刷
书号：ISBN 978-7-5378-6774-0
定价：49.80元

本书版权为本社独家所有，未经本社同意不得转载、摘编或复制

那些把灵魂留在故乡的人

李骏虎

读张象写的这组故事，让我恍惚是在读卡佛的作品。那种看似漫不经心、轻描淡写的叙述很有一种举重若轻的魅力，这种不经意间就让你进入情节的能力，是作家独有的天分。我不敢确定张象是否对卡佛感兴趣，或者受过他的影响，甚至是否认可卡佛的小说艺术，他们的作品感觉相像，或许纯粹就是一种风格巧合。因为细品的话，他们有着本质的差别，卡佛写的都是饮食男女的家常里短、鸡毛蒜皮，他的过人之处是于细微处见人性，但他没有明显的批判精神，不像同为美国畅销作家的海明威那样绵里藏针。张象笔下也都是小人物，但他们都隐含着巨大的命运感，生活不堪却难掩心底理想的光芒，他们在大都市的街头游走，却不是大海里的鱼群，更像一面大鼓上的小虫，在时代的鼓声震颤中身不由己地跳动，不知道下一个落脚点是哪里。这是张象和卡佛最大的区别，他写的不是中产阶层的烦恼，而是底层人物的生存困境。

作为一名山西走出去的作家，现代派的张象的骨子里是现实主义的，是沉重的。尽管他采用了一种轻松活泼的叙述方式，尽管他笔下的人物并没有被完整地交代清楚命运谜底。《外省青年》是一部群像式的作品，而"我"就像他们共用的心灵，因为讲故事的"我"就是在场者，而使这部作品里的人物升华为"心灵群像"。张象给我看过一部还没发表的短篇小说稿《金色仪表》，这是他的创作走向自觉的表征性作品，他在给众生的灵魂称重，而叙述者是一只蚊子。那是我第一次细读张象的作品，给我的感觉是惊艳而迷人的，他的那种艺术自觉是很多作家都不具备的，有很强的设计感，不像是山西作家的作品，更像是接受过美国的小说写作班专门训练过的，这可能跟他的策划人的职业思维习惯相关，但那种很高级的技术感彰显了他的实力和不群。《外省青年》里的故事相对更接地气，那种带着汗腥味的温度和呼吸般无时无刻不存在的奋争，是"我"和每一个人物的心灵底色。

  小说是给读者提供故事的，读者看过后记住的却是里面的人物。《外省青年》是好看的，但它也在考验着读者的心理承受力。因为那些被命运的手重新刻画的人物是掩卷之后闭上眼睛才被直视的，你有没有勇气再看一眼她或他的样子？尽管张象时不时在讲故事的时候停下来写一点心灵与环境交融的闲笔，让读者喘口气，给现实生活涂抹一点诗意，但这种艺术手法其实是在塑造人物的内心，使他们更加的真实。他总是让人物不断地回忆故乡的美好，从而获得些许的慰藉，但这同时也更加衬托了心底的苍凉，或许，这才是外省人真正的标签，他们的孤独感不是跟都市的格格不入，而是把灵魂留在了故乡。张象的文学观念和艺术修养是深厚的，他的人生经历和心路历程同样是曲折的，这使得我们作为读者无法分辨《外省青年》里的"我"和其他人物是真实存在的还是艺术形象，这种模糊，就是艺术的真实，是一个小说家最想达到的。他骨子里的现实主义和阅读经典养成的现代意识很好地融合了，这使得他的作品具有了很高的辨识度，这也是很多作家所追求的目标。

中外有很多写外乡人处境的经典作品，但像张象这样把"我"作为一个坐标而塑造群像的作品还不多见，那些曾经是外省青年或者正在是外省青年的读者会在书里找见自己的影子，照见自己的心灵。记得前几年有本很畅销的小说集《从你的全世界路过》，就是这样的人物和故事结构。《外省青年》能不能畅销我不好预判，但他所塑造的心灵群像现在还正在所有大都市蚁巢般的写字楼里、汹汹如鲫般奔波的打工族中，还在身心虽然安定下来、但心灵脆弱到不敢回望的过来人那里，被不断地复制、再生，呈指数级地增长。这是艺术的力量，更是生活的现实。我是在旅途中读完张象这部书稿的，在候机大厅，在高铁上，这样的场所读这本书很有感觉，每读完一个故事抬头看看眼前的芸芸众生，总觉得每一张脸都似曾相识。

2023 年 7 月 19 日
于山东沂蒙干部学院

李骏虎，现任山西省作家协会主席、中国作家协会全委会委员。作品曾获鲁迅文学奖、庄重文文学奖、赵树理文学奖等文学奖项。

目 录

第一辑　酒店故事
　　异　香 …………………………………003
　　城与火 …………………………………016
　　风继续吹 ………………………………045

第二辑　公关野史
　　黄昏鸟 …………………………………065
　　绿　光 …………………………………086
　　问号陀螺 ………………………………105
　　赛琳娜女郎 ……………………………120

第三辑　贵圈往事
　　风中消息 ………………………………137
　　林中火焰 ………………………………155
　　黑　戳 …………………………………174

第一辑 酒店故事

这是三个从酒店出发的故事。保险公司经理林玉、报社记者陈瑜、自媒体达人表弟，三个人的故事都是从酒店开始的。酒店可以充饥，酒店可以休憩，酒店也是希望和流言开始的地方，更是充满变幻、事态反转的机关枢纽。

异　香

林玉玉身上有一种味道，我从前没在意，到北京后才发现，这座城市的所有味道加起来，都没有这种味道令我着迷。有一天，我发现这种味道不见了，感觉很不踏实，工作也不顺心，就和领导请假，跑到华安大厦找她。

华安大厦位于东四环。我倒了三趟公交，挤过人海，洒了无数汗水，才在下午四点赶到。大厦保安拦住我说：找……找谁？打电话下来接。我说：我找林玉玉。保安说：林黛玉？我说：不是林黛玉，是林玉玉。保安说：走……走了。我说：这才几点？保安说：那我……我管不着，你是她啥人？我胡诌：老乡，找她讨债。保安说：该……该你的啊？我说：对，不少呢。他说：那……那是得要，我跟你说啊，你们这老乡现在有钱，每……每天车接车送，外号林黛玉！

啥？林黛玉？我笑得眼泪都出来了。我说：不可能吧，她个子那么矮，可能才一米四左右，哈哈，咋就林黛玉了呢？保安也笑了，露出一嘴烟熏牙说：是……是吧？我也觉得可笑，所以我给她……加……了个前缀，全名叫……小……小矮人林黛玉！

这话让我听得很不舒服，岔开话题说：她啥时候在？保安指了指我的手机，意思是打电话。我说：也是，糊涂了。便拿出手机，一连打了几次，对方却都是关机的提示。点开微信语音，还是没人接。又发短信，依然如石沉大海。我很好奇，点开朋友圈一看，最近一条是一个月前。我说：这……联系不上啊，你……确定她来了吗？保安说：反……反正，两个小时前刚走！陆……陆总接的她！

临走前，我问保安：通常工作日，比如明天，林玉玉是不是肯定来？保安有些不耐烦，摇摇头说：客……客户部不坐班。我说：你是不是特……特讨厌她？保安脸红了，很用力地说：我……跟她没仇，就是……就是看不惯她那样儿！

我沉默半响，说：这样吧，那我给你留个电话……他不等我说完就说：没……没问题，我给你报信！我说：那太感谢了，卫生间在哪儿？保安手一指，说：左……左……我说：您别说了，我有个方向就行。

大约半年前，我和林玉玉结伴来到北京，有人介绍一家高档酒店的工作给我们。她长得还可以，吃亏在个子矮，面试服务员时没有通过，只好暂时接受了保洁员的工作。这是一份职级不高的工作，在北京又举目无亲，谁都可以对她吆三喝四：

喂，玉玉，拿拖把，把这儿拖一下！

哎，美女，小孩尿地上了，快擦一擦！

玉玉，马桶堵了，还不快去通……

诸如此类，都是每天上演的日常。

我也不比她好多少。本来想报传菜员岗位，风吹不着，雨淋不上，还跟服务员对接，每天看美女，想想都能笑出声。可惜笑早了，最后面试出了岔子。经理说：你这大高个，一米八五，做传菜员屈才，去做保安吧！我连忙说：不屈不屈，我喜欢传菜。经理却眼睛一瞪，说：想得美，你长这么黑，不晒你晒谁。去，找队长签字！

我和林玉玉的心情都很低落，下班之后，踩着街上的月光互相安慰。晚风轻拂，无数台车辆从我们身边擦过，道路两旁，万家灯火渐次亮起，每一个亮着温馨灯光的窗户里都有一段温暖的故事，唯有我和林玉玉，漂泊在异乡的街头，茫然而无助。

这天晚上，林玉玉撩起头发潸然泪下的那一瞬间，我第一次清晰地闻到了她的味道。我知道她不喜欢化妆，也买不起香水，平时洗脸洗头用的全是最普通的香皂和最便宜的"香波"，然而她散发出来的味道，却一点儿都不廉价。那是一种不确定但很亲切的味道，有时像泥土和青草的气息在雨后的炊烟中奔跑；有时像汗水和奶香在旷野的犬吠中逍遥；有时像旱烟；有时像老酒；有时像牛羊或猫狗身上那种特有的说不清道不明的气息，与故乡的味道混在一起，令人沉醉。

后来，林玉玉不再哭泣。她干了几天，喜欢上与卫生间一墙之隔的帅哥。帅哥是名收银员，长得像只吉祥物，个子高，皮肤白，说起话来儿化音纯正，每天坐在吧台里笑逐颜开。她评价"吉祥物"是"横看是明星,竖看是明星",总之怎么看都帅。为此,还几次央我利用职务之便,在工作间隙,多去吧台帮她美言几句,我看这男的娘里娘气,怎么看都不顺眼,但架不住她喜欢,只好勉为其难帮她的忙。

然而美言不是美颜,效果很不明显,林玉玉对此非常失望。当我们在酒店干了三个多月时,有一天晚上下班,我一个人走在回宿舍的路上,林玉玉忽然追上了我。我说:啥事,又让我替你跟他吹你会捉鳖,还是会上树?她却放慢了脚步,说:不是,小春哥,你说咱就这么干下去吗?我有点不明白她,就说,不然呢?她罕见地说了句粗话道:这他妈的,啥时候是个头啊!我看了看天,有些阴暗,没有月亮,就说:月有阴晴圆缺,忍忍,等机会。

她看了看四周,确定没有熟人,大声说:机会已经来了,你敢干吗?我站住脚,瞪圆眼问:啥机会?她撩了撩头发,说:总之是坐办公室,你要想去,明天就辞职!我说:这么好的事,能轮到咱?该不会是传销吧?她捶了我一拳,说:传啥销,咱俩打小就认识,我骗过你没?我说:没。她说:那你怕啥?一阵风吹来,我沉醉在她的气息里,心似返乡,宁静而踏实。

林玉玉进入酒店以后,我才知道她在人际交往方面无师自通,天赋惊人。事实上,所有人都和我一样惊诧:就这么个保洁员,又矮又土,干的活又脏又累,怎么就在三个月里,不声不响,和那么多社会各种职业的客人成了朋友?其中不但有医生护士,还有人民警察。有个保险公司的老总甚至主动表示要把她招到自己的公司。说小姑娘年纪轻轻,人又不丑,干这个实在可惜。

作为林玉玉的发小,我跟她从小玩到大,十分了解她曾经的过往。那些历经漫长成长期的野蛮的歧视和排挤,别说少年,大人又有几人受得了?她曾不止一次问过我:我到底做错了什么?对此我无法回答,我只能说:好好学习,离开这里。然而如今,她是离开了那里,却是以打工的方式。但她满怀期待,以为到了北京这样的文明大都市,一切便都会改变。可是,没想到第一份工作,她就遭遇了比以往更加无情的打击。

我为林玉玉担忧,她却没有被生活吓坏,奇迹般绝地求生,自建人脉,华丽转身,进入了这家以业绩论英雄的保险公司。在这里,她一直被认为是缺陷的身高,反而成了优势——老板认为,少女的容颜,配上孩童般的身材,简直就是人间天使,惹人怜惜,非常有利签单。

意外的是,我却在面试时被刷了下来。华安保险那个戴着金丝边框眼镜的斯文的面试主管,淘汰我的理由十分奇葩:长得太壮,又黑又高,嗓门还大,容易吓跑客户。

我在第一时间恭喜了林玉玉,好像晚上还请她大吃了一顿。是在"呷哺"还是"拿渡"有些忘了,反正她吃得很开心。看我心情不好,还主动安慰我:没事没事,不就一个破工作嘛,咱现在认识人,再找呗。随便先找个凑合凑合,有好的再说!

我以为她只是随口一说。没想到,次日一早,还真接到了一个电话,让我去北五环某小区一个居民楼面试。我坐上公交,七绕八绕,到了现场一看,满屋都是装有电话的隔音格子间。一百多平方米的房子,除了卫生间,密密麻麻都是电话间。粗略扫了一眼,足有十个小间,二十多部电话。电话间里,带"麦"的耳机散落在地上,还有许许多多的笔记本在桌上摊开着,本上从第一页到最后一页,歪歪扭扭,写着各种术语。

我被安排销售一个贷款产品,每天的工作就是拿一沓号码,不断给陌生人打电话。

一般人都比较文明,听明来意,委婉表示不需要,有的还会加上一句谢谢。有直接的,一言不发就挂掉,这也还算好。最怕遇上脾气暴躁的,成交什么的别想了,还要被骂。

最郁闷的是有次遇到一个特别缺德的,我说:老板,需要贷款吗?那人说需要啊,一个亿,有吗?我说:大手笔啊,老板做什么生意?那人说不做生意。我说:那贷这么多干吗?那人说:贷这么多给你妈买墓地,给你爸买墓地,给你买墓地,给你孩子买墓地,给你全家……我第一次主动挂了。

领导说过规则:尽量拖延通话时间,只要不挂就有机会,主动挂掉则要罚钱……但我无所谓了。我说:我要辞职。领导说:别冲动,我刚来时也这样,习惯就好。我说:我习惯不了,那些人,不需要就说不需要嘛,凭什么诅咒我的家人?

领导说：不行给你换个项目，他说有个推销老人纸尿裤的项目，比较好做。我说试试吧。一试还真行，一个月下来赚了小一万，这些钱要是靠做保安起码得干俩月。我却睡不着了，那些所谓的进口名牌纸尿裤，其实都是国内小作坊生产的"三无"产品，简直一本万利，专门坑骗老人。这让我的良心上很过意不去，我想与其如此，还不如重操旧业去做保安，最少心里踏实。

这工作是林玉玉介绍的，我要辞职，按理跟她打个招呼为好。此外，我闻不到她的味道很久了；还有，保安口中的有钱和车接车送，难道都是真的吗？商量辞职，是我去找她的绝佳理由，可是却一直联系不上林玉玉。那个保安也是，两天都没给我电话，其间莫非有诈？在酒店上班的最后一个晚上，我曾问过林玉玉不会是传销吧，当时她并未明确否定，而现在这种情况，对比网上的报道……莫非真是传销？可是，如果真是传销，那又如何解释另一个问题——传说中的传销，不都是号召艰苦朴素、每天都吃水煮白菜的吗，怎么现在都"腐化堕落"，住上那么高档的写字楼了？

清晨有雾，闷热难当，我醒来后坐卧不宁，心神不定，再次请假去找林玉玉。

自酒店辞职以后，新公司不包吃住，我租了间民房，所处地段很偏远。等了三趟公交，才被硬塞上车。车里已经拥挤得像罐头，皮肤白的都是"鱼"，像我这样黑的是"豆豉"。里边密不透风，如铁板一块，"鱼"与"鱼"之间，"鱼"与

"豆豉"之间，表面和谐，实则各有心思：挤得站不住的，最大愿望是有个立锥之地；已经站稳的，都祈祷眼前的屁股尽快挪位；然而多数人还是运气一般，直到最后下车都等不到位子。

中途倒了两次车。车过安贞里，开到团结湖站，正在上下人的时候，我忽然接到一个陌生的电话。电话里传来沙哑的男声，问我：你是不是张小春？我说：你哪位？对方说：你认识林玉玉吧？我说：啊，她咋了？电话里窸窸窣窣，窃窃私语了一会儿，忽然说：我这儿是知春里派出所，你来一趟吧！我说：现在？对方说：马上！大热天，车里空调也不好，我却惊出一身冷汗。我问：林玉玉咋了？对方已经挂了。天地如此空旷，我却只听到无尽的忙音。林玉玉的味道，我闻不着。

再过几站就是华安保险公司，但派出所又是与之不同的方向，我只好临时下去转车。可惜公交就像大热天期盼的雨，越是需要越等不上。此时正好一辆没有载客的出租车经过，情急之下也顾不得钱多钱少，我毅然伸手，拦了下来。出租车里，冷气充足，很凉快，但我心里更凉：靠，真是传销？难道是暴力传销……我不敢再往下想。

平时不打车，没想到打车的速度居然也这么慢。上午十点，整个三环路都堵得像慢镜头。车像蜗牛，一点一点往前爬，目测还没我走得快。我很崩溃，建议师傅找个地铁站停。师傅却说：上三环不难，想下却没那么容易！我觉得这话很有哲理，于是不再争辩。车内音乐舒缓，车晃悠着慢慢爬行，不知不觉，我在催眠般的节奏中睡着了。

车里堆满了冰块，窗外是苍茫的北京，缤纷的雪花从天而降，地上像铺着一层盐。我看到两名警察对天鸣枪，又在隔着五辆车的前方指手画脚，情绪激动地说了些什么。拥堵的马路像吃了药，奇迹般好了，车子飞一般开起来，如同一枚火箭，直奔派出所的方向而去。

忘了下车时有没有付钱，也忘了是怎么走进派出所的，反正当我走进派出所时，一眼就看到了林玉玉的背影。她坐在桌前，背影还是那么秀美，纤弱得令人心碎。我试图绕过警察，去看看这张数月不见的脸，闻闻她身上那令我魂牵梦萦的味道，但是未能如愿。

一个红眼警察发现并拦住了我。我说：我找林玉玉。警察说：林黛玉？我说：不是林黛玉，是林玉玉。警察说：你是她老乡吧，听说她欠你钱？我说：没有，其实是我欠她。警察说：林玉玉有个外号，你知道吗？我说：是不是小矮人林黛玉？警察说不对，前缀错了，是小美人林黛玉，知道为啥叫你来吗？我摇了摇头。

警察说：林玉玉杀人了。

我说：不可能吧，她个子那么矮，估计一米五都不到，怎么可能杀人呢？再说了，她也没那个胆啊，我俩打小就认识，她连一只蚂蚁都不敢踩。警察拍了拍我的头，说：你是真傻啊，她不会踩个椅子吗？我说：那倒也是，她杀谁了？

警察说：她自己。

我惊得下巴都掉了。我说：不可能吧，她不是在那儿呢吗？我指了指林玉玉的背影。她还是一动不动，坐在那里，像一尊泥塑的雕像。

警察说：她被救活了。

我说：哦，那我们现在可以走了吗？警察说：不可以，她现在精神不太稳定。我忽然反应过来，说：精神不稳定，那不是应该去医院吗？警察敲了敲桌子，说：你看你，总是在意这些细节，难道警察就不是医生吗？告诉你，公安局就是医院，派出所也是诊所！我被他绕晕了，就说：哦，所以，叫我来是当护士吗？

警察摇了摇头，眼神绝望地看着我，仿佛他面对的是一名绝症病人，一时间气氛有些尴尬，我忽然想起林玉玉半天背对着我，既不说话，也不撩头发。以往她最爱撩头发了，她的头发像瀑布、像丝绸、像梦境一样美。

"哗"的一声警察站起来，甩到我面前一串物件。我也慌忙站起来，警察一巴掌把我拍坐下，说：张小春同学你坐下，替我看会儿她。我先去休息室眯个几分钟，三天三夜没合眼，我快要困死掉了。

警察走后，我才看清楚扔桌上的一串物件是一串钥匙，有大的小的，铜的铁的，还有钥匙前端有长倒钩的。偌大一个房间，炉火正旺，四面白墙，中间只有一张黑色桌子，桌子很长，像一条河，河的一头坐着林玉玉，另一头坐着我。她始终背对着我，像一个巨大的谜团，沉默无语。

我有点恍惚，这到底是怎么一回事呢？我一早出门去干什么来着？怎么就莫名其妙来到了这里？

我想起来了，我是去找林玉玉。可是找林玉玉干什么呢？又有点想不起来。

哦，对了，我想闻闻她身上的那种味道。可是隔了这么远，我怎么闻得到。

不对，以前比这远都可以闻到的。

那么，眼前这个林玉玉，难道她是假的吗？

我就说：玉玉，你咋一直坐着，也不说话，你是哑巴了吗？

她还是不说话。

我说：这都多久不见了，你咋还像小时候一样。小时候你就是这样，每次受了欺负，就一个人蹲在角落，也不哭，也不闹，就是一个劲咬嘴唇，有次咬得嘴唇都流血了，我吓得够呛，脱下新衬衣给你止血，回家被我妈一顿胖揍，屁股肿了好几天，你却笑得很开心。

那时候我也没长高，打不过那些欺负你的人，只能趁人不备，拿砖块从背后砸人脑袋。后来我被开除了，你哭着送我，我却笑得很开心。

现在你也长大了，比我能耐，听说还做了客户经理，车接车送，待遇挺高，咋就不能有点出息？

忽然，她转过头来。我看到了她的脸。只看了一眼，浑身就颤抖起来。我的牙齿冷如冰块，咯吱作响，什么话都说不出来。我看见她的脸上长满了毛，黄黄的，茸茸的，鼻子又小又黑，竖着两个孔，喘着粗气，粉红色的舌头吐在外面，长如丝巾，一直垂到胸前。热气向我袭来，她的眼中噙满了泪水，长着几根白胡子的大嘴不断翕动，却不发声。我意识到，这是一张狗脸。我大叫一声，嘴唇咬出了咸味儿。

小伙子小伙子，这都快到了，你哭什么嘛？司机的呐喊像刀片，很锋利，把我从梦中扎醒。

他说得没错，五分钟后，车子停在一个胡同口，我下了车。雾气散尽，烈日当空，像要将人烤化。

我付过车钱，走进胡同，走了一百米不到，就是知春路派出所。

所里一楼，走廊尽头有个卫生间，我先去解决了一下。堵了一路，可把我憋坏了，小便池中几粒颜色各异的樟脑丸，猝不及防，被尿掀起的"风浪"冲得东奔西走，散发着一种无可名状的异香。我提好裤子，洗了把手，蓦然在墙上的镜子里，看见了唇上未干的血迹，便用手指沾了点水，把血迹擦掉，走出卫生间。

刚走没几步，忽然，我闻到了林玉玉的味道，淡淡的，若隐若现，似有似无。

我便竖起鼻子，尽力捕捉着这种味道，楼上楼下，一路打听，可惜问遍了整个派出所，都说没有林玉玉这个人。警务人员当中，也没有人承认给我打过电话。

我站在二楼面对窗口，举头四顾，十分茫然。那味道却忽然浓烈，渐渐清晰起来，芬芳中带着野性，欲望中夹着生机,大地、母亲、故乡、异性、荣誉、尊严……全都像潮水一样裹挟其中,载浮载沉,我的身体里仿佛升起了一股蛮力。

我决意不再依赖任何人,屏气凝神,心无旁骛,只遵从味道的指引,自己嗅着、走着、听着,很快,循着味道,我找到一间科室。

科室门上挂着两块牌子,一块是"暂住证办理处",另一块是"养狗证办理处"。

室内挤满了人,男女老少,黑白美丑,所有人都那么乐观地站着、笑着,还排着队。气温很高,窗口很低,他们有的背着包,有的抱着娃,有的还牵着狗。狗身上的毛,黄黄的,茸茸的,鼻子又小又黑,竖着两个孔,喘着粗气,粉红色的舌头吐在外面,发出一种近似悲鸣的呜呜声。然而我知道,它,还有他们,他们谁都不是林玉玉。

每分每秒,那股气味飘散不去,似乎她无数次来过,却根本不在这里。那她又能在哪里呢?楼道狭长而空旷,无人应答。

我想象所有最坏的结果,怀着失望和忧惧,走出异乡的派出所。天地间太阳正大,云层稀薄,没有风。我掏出手机,拨通了来时那个电话,沙哑的男声再度响起,他很生气地说:你可真是磨蹭,所长等你很久了,赶紧的,知春里派出所!

我忽然发现了什么,回头看了看派出所的牌子,飞快地向胡同口奔去。阳光很烈,汗水流淌而下,恍惚间,我闻到了自己的味道。

城与火

一

雨薄如烟,像昨夜梦里走失的哀愁。细雨中我走到公司,前台同事说收到个快递,已放我办公室。我说:好,先去开会。半小时后,散会,我回到办公室,桌上果然有个包裹,风格独特,高瘦挺拔,像极了某人。我便猜它来自广州,不知确否?

大前天,我去广州参加活动,内容很无聊,基本都是一些正确的废话。我百无聊赖,翻了翻会议手册,发现有位嘉宾叫陈瑜,头衔是某报文化版高级编辑,心里一热,便打消了中途离场的想法。一直等到下午四点,手册里的陈瑜施施然上台,和别人圆桌对话。我这才发现,这位陈瑜是个小姑娘,模样倒是周正,裙子也很漂亮,但我完全不认识她。

再无片刻逗留,我退出会场,自电梯而下,在酒店大厅里坐了几分钟。窗外是繁华的北京路,蓝天白云,烈日当空,马路上姹紫嫣红,车水马龙,高瘦挺拔的椰子树下,不时有打着遮阳伞的长腿姑娘经过。回北京的机票订在第二天下午,我还有大把时间，得想想干点什么。在广州，我倒是有几个朋友，其中有作家，有诗人，还有一些琴棋书画样样精通的漂亮姑娘，他们都很有趣，也很热情。但是今天，我点开他们的微信，犹豫再三，还是一个一个退了出来。我发现自己谁都不想联系。我好像只想做一件事。然而这件事，是什么呢？我心里明白，但是说不出来，就像一个痒，明明在你身上，你却捕捉不到，抠抠这里，不对，挠挠那里，唉，也不是。它就像故意和你打游击捉迷藏似的，你越是想捉，越捉不到，唯一的办法，也是最笨的办法，就是把所有嫌疑地带全过一遍，这样虽慢，但总算还有机会。

出了酒店，我一路走到"广百"百货，找了一个有书有茶有冷气的地方，店家说随便喝点什么，可以一直看到打烊。我围绕着旋转木梯绕啊绕，从一楼跑到二楼，又从二楼跑到一楼，最后在一盆仙人掌遮挡的后面书架，找到一本卡夫卡的《城堡》，书已半旧，页面泛黄，两个角微微卷起。我捧着它，找了个位置，路过的侍者问我喝点什么，我说：靓女，请给我来杯拿铁，不加糖。

二

十七年前我第一次读《城堡》，那时我十七岁，经历中考失败后，感到前途晦暗，亲戚介绍我到一家酒店打工，每天端盘子送碗，我感觉自己像一头被人蒙上眼睛的骡子，无所谓远方，也不知道归路，只在每日黑暗里拼命追赶，妄图抵抗比黑暗更加绝望的孤独。然而孤独十分强大，无色无味、无声无息、无影无踪、无边无际，我意识到打败孤独不能靠人多，上班、下班、街上、宿舍……身边从来不缺少会说话的人，但是没有灵魂的契合，只靠肉身的接近，人不可能真的认识他人，更何谈所谓灵魂慰藉。长达一年的时间里，我只能靠写日记来安慰自己，人为制造出一种好像我也没有那么孤独的表象，至少我还有日记这样一个朋友的幻觉，就像独生子女的童年，没有玩伴，自己分角色扮演，有时还挺热火朝天，但在外人眼里，你只是在自娱自乐而已。我自娱自乐到中秋节前夕，传菜部的头儿抓我编几个灯谜，作为传菜部节目。我编好了，谜面是：干劲冲天在前头，仙鸟一去人复丢，千金易得更易失，一人一口皿中求，云间新月影如钩，西山一嘴长勾留，樱桃小点知何似，心上好音赛春游。头儿觉得难度尚可，规定只有首位全猜中者得奖，奖品是一个双肩包，灰色的。后来，在一个月明星稀的夜晚，一个叫陈瑜的姑娘，动作麻利地抓起礼品说了声谢谢，转眼就消失在黑压压的人群中，唯有她高瘦挺拔的身影，以及短发下白色的耳机，被月光折射进我心里，久久不曾离去。

　　第二次见陈瑜是在一家书店。中秋假期快结束时，有个同事端西湖牛肉羹时不慎烫伤了脚，我去帮他买烫伤膏。返回的路上发现一家新开的书店，就在药店和半岛铁盒之间，名叫大世界。我爱书，于是走进去瞄了一眼，老板非常热情，极力给我推荐租书业务，说是三本书一周五块，平均每天才七毛，也就少吃根雪糕的事。我就办了张卡，花了五块钱，租了一本《雪山飞狐》和一套《飞狐外传》。七天后我去还书，正赶上工作日人少，老板正在电脑上玩"斗地主"，给了个登记簿让我自己登记，我打开登记簿一看，发现借书记录里有个名字挺熟，就排在我后面。我登记完一本书，正登记另两本，从外面走进来一个人。我一看，米色风衣，格子围巾，亚麻色短发，白色耳机，背上是有点眼熟的浅灰色双肩包……这不就是陈瑜吗？登记簿上那个真是她！怎么办，要不要跟她打招呼？告诉她我是编灯谜的那个，发奖的是我们头儿，我虽然也在场，但她应该没注意到我，我如果打招呼，她不认识我怎么办？

嗨，听说你有写日记？我正犹豫着，她竟主动开口说。普通话很标准，说实话，没有明显的广东口音。我有些窘迫，像是一个秘密被人当众揭穿，心想有你这么打招呼的吗，我跟你有那么熟吗？她把耳机摘掉，从包里取出三本书放到吧台，看我还不说话，忽然伸出手说：你好，我叫陈瑜，是半岛铁盒的前台收银员，咱们认识一下？我更加窘迫，手心都是汗，扭捏着正要伸手，陈瑜却"扑哧"笑了，缩回手说：中秋节那个灯谜，是你出的吧？我忙点头说是，你猜谜可真厉害，我叫……陈瑜笑得更开心了：张白驹，我知道！其实我有猜出来四个，其余都是蒙的，运气好而已！我来了兴致，擦了擦汗问她哪四个，她得意地说：第二个，岛；第四个，盒；第六个，事；最后一个，意！我登记完，暗吸一口凉气，心想这家伙可真聪明。书店老板有些好奇，看看陈瑜，又看看我，我忙跟他解释：这位是我同事，她是广东人，不会说吕梁话，只会说普通话！

你怎么知道我是广东人？回半岛铁盒的路上，陈瑜问我。我手里拿着她刚还掉又被我租走的三本书。看着天上云卷云舒，人间草木葳蕤，我挠了挠新理的短头发回答：在酒店这种地方上班，哪有什么秘密，我还知道蒸菜师傅是你爸呢！陈瑜笑了，抬头看了看天：你知道的还蛮多，问你个问题，你们这里，什么时候下雪？我有点不解，也抬头看了看天。这时起风了，乌云渐成气候，雷声隐隐，从天边传来，行人兽散，车辆狂奔，路边的狗钻在树下，像羊一样啃着青草，估计要下雨了。我说：还早着呢，估计得11月了吧，当然，历史上也有早时，早也得10月下旬吧——我说的是农历！看了眼陈瑜脖子上的围巾，我有些忍不住笑：你不会是因为怕下雪，所以才……

是的呀，你怎么这么聪明，你真是太聪明了！陈瑜哈哈大笑，一点儿不矜持，风吹乱她的短发，我看见她苍白的面孔，在格子围巾的簇拥下，闪着来自南方的光。

压死，压死！干他，干他！这下完了！晚上我把书带回宿舍，那几人又在打牌，房间里烟雾缭绕，喊杀声四起。四余一，胖子落单，他看我拿着新书，围上来想蹭一本，拿起《城堡》，翻一翻，没意思，拿起《雪国》，翻一翻，说这啥玩意儿。我说这都是纯文学，经典名著。胖子说：屁文学，看不下去，有啥用？我把《红与黑》给他，告诉他这本不错，故事精彩，他看了看书名，摇摇头说：算了算了，什么《红与黑》，《红楼梦》我都看不下去，婆婆妈妈，我还是喜欢《雪山飞狐》那种，快意恩仇，说干就干！

白天在"大世界"选书时，陈瑜跟我说，"武侠"虽好，只是看个痛快和热闹，经典文学不一样，像光，像药，像黑暗中燃起的火焰，有的人看一本经典，人生就可能发生改变。我说：可是这些书读起来，没有武侠好读。陈瑜说：不好读有不好读的道理，有句话你听过没？当你感觉吃力的时候，说明你走的是上坡路！我听了她的话，接过来自南方的火焰，黑夜便亮了起来。夜太重，路太黑，火光一开始还很微弱，如烟一般幼小、纤细，温暖和映照都很有限，然而随着时间流逝，年岁渐长，火苗愈烧愈旺，我越来越认识到，生命中某些时刻，有没有光，有没有火的出现，给人生带来的影响，判若云泥。

我的日记本保留至今，其中2002年9月30日有一段是这样写的：

> 《城堡》里的K，表面上是K，其实是全人类。人生在世，不如意事十之八九，我们每个人都会遇到无法进入的城堡，而这城堡有无数分身，它既可能是事业之城，也可能是爱情之城，还可能是梦想之城、友谊之城、健康之城、灵魂之城……每一个灵魂都是一座城堡，这毫

无疑问。那么,你的城堡愿意请谁进入呢?而你的一生,短暂的一生,又有多少城堡,谁的城堡,是你无论如何朝思暮想,魂牵梦萦,都始终无法进入的?

"进入"两个字下,我都加了着重号,当时想的,显然不只字面意思。"始终"是后加的,写在页眉,与正文之间以增添号勾连,看上去就像茫茫暗夜里,忽然有人点了一支火把。

三

晚上九点,书咖即将打烊,我把《城堡》放回仙人掌后的书架上,从"广百"百货出来,天完全黑了,风吹在脸上,温柔而彷徨。因为职业原因,我习惯了晚睡,此时便在夜色中一路往南,信步乱逛。走不多远,看到一座古刹,灯火辉煌,人影幢幢。我想起陈瑜爬凤山时说:我们是唯物论者,敬鬼神而远之,无神论!因为这句话,这么多年,我从未进过任何的寺庙观庵,这次忽然很想进去看看。走近才发现,早过了开放时间,只能等明天再来。我回酒店途中,一路上思绪被暗夜之手不断拽回过去,拽回到2002年10月上旬爬凤山的那段时间。当时的吕梁,还没撤地设市,整个城市横七竖八,一共十五条街,其中"横七"条就是永宁东路,永宁东路的最东端就是半岛铁盒,半岛铁盒到凤山,有公交直达,一人一块钱,坐十几分钟就到了。

爬凤山是我约陈瑜,因为之前打的一个赌。打赌是因为我先抖了个机灵。抖机灵是因为陈瑜聪明,她想了个招,说我们都加快速度,三天看完自己租的书,然后交换,这样每人每周都能看六本书,却只需出三本的钱。我很高兴,跟陈瑜换书时夹了张字条,上面写道:"陈瑜"落雁,"白驹"过隙。陈瑜说:嘿,学会抖机灵了,那我也给你抖一个——敢不敢跟我打个赌?我说:姐,不是抖机灵,是你名字取得好,如果头发能再长一些,就更好了,那就不是沉鱼落雁,而是沉"龙"落"凤"了!说吧,赌什么?陈瑜说,少来这套,甜言蜜语!我赌咱们大老板是周杰伦歌迷,谁输了,就请赢的一方出去玩,怎么样?我从她清澈而狡黠的眸子中读出一线玄机,开玩笑说:能不能我选信,你选不信呀?陈瑜很干脆地说:不可以。我说:为什么?她说:因为是我先提的!过不多久,国庆节聚餐,陈瑜趁给大老板敬酒时就问了,我也在场,看到大老板愣了一下,然后陈瑜就引导提示:咱们酒店叫半岛铁盒的由来,是不是因为周杰伦有首新歌,也叫《半岛铁盒》!大老板一听,大笑起来,再次举起酒杯说:没错,年轻人有前途,来,大家一起!

黄金周后,酒店允许员工调休,陈瑜约我出去玩。我说:好吧,你想去哪儿玩。她说:我也不熟,你看着安排。我开玩笑说:你让我安排,就不怕我是坏人,把你卖到深山老林去?她一脸不屑地说:一个爱读书的小屁孩,再坏能坏到哪儿去?量你也没那个胆子!我说:原来你也有口音,第一次发现——哪鹅!陈瑜说:多少总是有的,别太费心,随便转转,去哪里都行。我说:反应真快——怪不得南方人爱说"哪里",不怎么说"哪儿",原来是因为发不好卷舌音!陈瑜说:好吧好吧,你说的都对——你想想去哪里,我准备准备!

爬山那天,陈瑜穿得很单薄,牛仔衬衣、黑裤白鞋,另外背个双肩包,一看就是准备爬山的架势。我跟她说:山顶风大,你穿少了。陈瑜白我一眼,捏了捏我的夹克外套,说:你怎么不早说,真要风大,我抢你的穿!我说:你背包干吗,看着还挺重的。她把包摘下来递给我,说:那你帮我背呗。我背起陈瑜的包,感觉也不是很重。

我们从巷子里走进去,一路上都是卖小吃、玩具、佛香、火柴和黄表纸的,也有个别卖学习用品,以及寿衣棺材、花圈纸扎的,可能是因为附近有学校,也有医院。路过一家卖柳林碗团的店,我问陈瑜要不要尝尝,陈瑜说:先上山吧,估计也没我们常去的那家好吃,而且包里有好多零食,争取不要背下来了。

巷子尽头是登山口,不收门票,初极狭,才通人,复行数十步,豁然开朗,有点桃花源的意思。不过景色真是很一般,一棵是枣树,另一棵也是枣树,第三棵还是枣树,第四棵又是枣树,第五棵……不是枣树了,是桃树,树上没桃,只余几片残叶在风中飘荡,迎来送往登山的路人,独自美丽。

陈瑜却很开心,一路很兴奋,看野花,看花中蝶,她从路边掬起一捧黄土,向我感叹:传说中的黄土高原,果真名不虚传,真的都是黄土诶!我笑她少见多怪,问她海边的沙滩，是不是也有黄沙，因为有句诗叫吹尽黄沙……陈瑜不等我说完就呛：不是黄沙，是狂沙……吹尽狂沙始到金！刘禹锡写的！我嘴硬：是黄吧？陈瑜：要不要打赌？我想起前车之鉴，忙学她说，算了算了，你说的都对——黄沙和黄土有什么不一样吗？陈瑜说：这怎么说呢，你以后去海边，自己带上一瓶黄土，到时亲自对比一下！

天气晴好，空气甘冽，大群大群的麻雀，像列队欢迎远方的贵客一样，欢快地从我们头顶掠过。行至半山腰，路遇一道观，名唤天贞观，香火缭绕，煞是热闹，我问陈瑜要不要去拜拜，陈瑜摆手笑笑道：我们是唯物论者，敬鬼神而远之，无神论！我也不感兴趣，便与陈瑜一鼓作气，很快爬上山顶。

山顶视野开阔，青草弥望，气温比想象中要高，我热坏了，满头大汗，陈瑜让我脱掉夹克，折了折，放到她包里。一对学生模样的情侣，大概是逃课出来的，合坐一条石椅，耳鬓厮磨，玩笑嬉乐，毫不避人。还一位白发苍苍的大爷，斜倚在凉亭下，左手握着一把二胡，右手持着马尾弓上下左右，穿梭如针，低沉的二胡声便四散开去，如松涛，如海浪，如大风，飒飒地穿过幽暗峡谷，直抵九天云霄。我被这昂扬的气势和激情所感，气血上涌，伫立原地，久久迈不动步伐。陈瑜说：这是阿炳的《听松》，好像是讲岳飞的。走，我们去那边坐坐吧。

山顶南沿有一排石椅，我们找了一张干净的坐下，她说：

你把包给我。我递给她,她打开拉链,掏出两瓶矿泉水、一筒薯片、一些香肠、几袋青豆,还有两包纸巾。也许还有面包?时间久远,有点记不清了,不过这个不重要。我们吃着零食,说着话,吹着风,看山下,看远方,看天上的云不断翻涌变化,一会儿化龙,一会儿化蛇,一会儿又化成威严的城堡、燃烧的火焰、奔涌的浪花、吃草的白羊……二胡声时远时近,忽而激昂忽而悲怆,忽而如久别重逢失而复得般悲欣交集。我感觉有点对不住她,正要说什么,陈瑜却慷慨地分我一只耳机,笑着说:来,听听周杰伦的《半岛铁盒》!我说哦,将耳机插入耳中。耳机传出:开门声"吱呀"一声响,紧接着一个男声说,哎,小姐,请问一下有没有卖半岛铁盒,店员女声说……我问:陈瑜,"不会"是什么意思?陈瑜说:台湾省日常用语,广东偶尔也有说,大概相当于我们这儿的"不客气"。

陈瑜换了盘磁带放入随身听,我们继续听音乐。山下的人和车都变小了,如虫,如蚁,如阳光下的尘埃。此刻我有些感到歉意,和陈瑜解释:一天时间,实在仓促,先来市区景点转转,下个月请两天假,咱们再去北武当、庞泉沟、碛口古镇……陈瑜却说:没关系,所谓旅游,重点在和谁游,而不是在哪游。其实这里也蛮好,全城制高点,从这里俯瞰山下,整个城市尽收眼底。你看,那个地方是不是大世界?再往前一点,那个是不是半岛铁盒?

我心里一暖,揉了揉眼,告诉陈瑜,我眼睛近视,只能看个大概。陈瑜诧异地看着我,说:你近视为什么不戴眼镜?我说:上学时家里困难,学费都是问题,哪有钱配眼镜。陈瑜说:那现在呢?我说:现在倒是自己赚钱了,但我配眼镜干什么?又不上学!陈瑜愣了片刻,说:你这个想法不对,近视是一种眼部疾病,是病就得治,不然要眼科干什么?既然是病,和上不上学又有什么关系?你有听过一种病,上学就治,不上学就不治的吗?

我不知说什么好,低下头,看到脚边两只蚂蚁,正在分享薯片的残渣。陈瑜看我情绪低落,又安慰我说:我有听他们说,你年纪最小,才十七岁,为什么不去上学呢?越是落后的地区,越应该上学;越是困难,越应该上学,不然怎么办?祖祖辈辈,世世代代,都只是复制粘贴般生活吗?你别看他们,他们在学校都不爱看书,你是不在学校都爱看书!你和他们不一样的!

我很小的时候,我妈就不在了,我爸是种地的,家里太穷,还有弟弟妹妹……我很想跟陈瑜实话实说,然而我没有。我说:其实也没什么不一样,我看书,跟他们打牌一样,都是为了消遣,如果让我重回学校,我估计也没什么兴趣!陈瑜吃了一惊,闭上眼睛想了会儿,看着我说:我很小的时候,我妈也不在了……这也太巧了,我惊叫出声:啊?阿姨是得了什么病?

不是病,她没死,只是嫁给了另外一个人。那时我七岁。弟弟两岁,被判给了我妈。你和我弟弟同岁,看到你,我就想起了他。我本来想着,如果你想上学,或许我可以帮你……

我更加吃惊,反应过激地打断陈瑜的话说:我可不想当"于连"!说完发现哪里不对,想纠正,又不知怎么纠正,满头大汗,红着脸转移话题说:陈瑜姐,下个月真的可以去!北武当是道教名山,碛口是九曲黄河第一镇,庞泉沟有褐马鸡、金钱豹,还有鸳鸯和夜鹰……陈瑜脸色煞白,摇了摇头说:我来北方,只是为了看雪,除了雪,其他我都无所谓。

下山近黄昏,路遇一群羊,三三两两,咩咩地叫着,低着头吃草,就像漂泊在人间的云朵。陈瑜心情转好,说今天真是跟羊有缘分哩,上山看天上的羊,下山看地上的羊……我说:要不晚上去吃烤羊腿?陈瑜没直接回答,只是摇了摇头,唱了两句粤语歌。粤语歌我听不懂,但我知道,那歌我们在山上听过。多年以后,我才知道,陈瑜当时唱的是:"苦海,翻起爱恨,在世间,难逃避命运……"

四

小地方,小单位,尤其是小地方的小单位,就不能有事。一旦有事,哪怕屁大点事,都必然在一夜之间,刮成一场飓风。

我和陈瑜常换书看,她又总爱喊我出去,我们经常去吃一种叫碗团的当地小吃,她很喜欢,说跟广东的肠粉有点像,但又各有风味,强烈建议我去了广东一定要尝尝肠粉。我俩结伴而行，难免遇上熟人，下凤山时，遇上的是刘彩霞。此人是半岛铁盒的迎宾小姐，著名的大嘴巴，家住凤山底，这天正好调休。于是，很快，大家都说我和陈瑜"好上"了。传菜部的同事、宿舍的室友，尤其是安保部的两个保安，一见我就嬉皮笑脸。胡小军尤其夸张，两个大拇指都竖起来说：这么高冷的女孩都能搞定，啧啧，牛！睡在我下铺的大眼说：没看出来，女生宿舍都不去，只会写日记，追女孩却真有一手！传菜部的头儿也拍拍我的肩说：有志不在年高，瞧瞧我们张白驹，一出手就是广东妞！我面红耳赤，跟人解释：别听人瞎说，陈瑜是我姐，我俩很纯洁，不是你们想的那样！胖子猥琐地笑了：甜哥哥，蜜姐姐，这意思呢，我们都领会的……全宿舍都哈哈大笑。忽然老宋说了句：白狗子，别忘了，广东妞的老爹可就在厨房，听说一把刀玩得可好了！大家又笑起来。我感受一种甜蜜的烦恼，像一不留神吞下了一颗带着核的酸枣。

蒸菜师傅一如往常，没有异动，甚至连多问一句都没有。倒是我偶尔遇到他，会在心里想：哦，这就是陈瑜的父亲。他和陈瑜一样，高高瘦瘦，看上去并不凶。有时他在室外抽烟，我若恰巧路过，就微笑着点点头，轻唤一声"陈叔"，陈叔不说话，顶多也点一点头，勉强算个回应。

陈瑜和他爸一样一如往常，无动于衷，任流言像尘埃，飘浮在街头巷尾、茶余饭后、黑夜白天。她一如既往，也不解释，每天该收银收银，该吃饭吃饭，该找我换书还找我换书。

人类总是喜新厌旧，没过多久，二楼一个女服务员的肚子忽然大了，舆论焦点转为讨论谁是孩子爹，我和陈瑜的流言蜚语得以迅速过期，像昙花一现的"明星"，再也没有人提起。尘埃落定之时，我才意外发现，其实没人提也挺寂寞的，就像一个忙习惯了的人，老是想着退休，忽然一天真闲下来，反倒浑身不自在，哪儿都奇怪，开始感觉不适应了。

不过这种不适并未持续太久，因为更加巨大的不适接踵而至，大不适吞没小不适，小不适融入大不适，大不适和小不适一起融合，成了新的硕大无朋的超级不适。

不适是因为发生了一件事。具体是什么，我忘了，日记里也没写，但是当时，就是因为这件事，我和陈瑜疏远了半个月。

记忆中，这半个月长得像半年，我又重新触摸到无边无际的孤独，在茫茫黑夜中更加勤奋地写起了日记，内容都是大段大段的心理独白，各种卡夫卡式的荒诞意象、胡言乱语，莫名其妙地在大海封面的日记本里张牙舞爪、肆意撒野。如今再打开看，感觉那个时候的自己，一定是心理出了大问题。隔着纸面，隔着十七年的漫长岁月，都能隐隐感到文字后面站着的清瘦少年，歇斯底里，面目狰狞得好似一个具有暴力倾向的精神障碍病人。

我赌气退掉了租书卡，目的只是为了陈瑜喊我去书店时，我可以理直气壮地回上她一句：你自己去吧，我的卡已经退了！

一次中午用餐时，我去打饭，正好和嘴唇干裂的陈瑜不期而遇。陈瑜只是夸了一句：唉，你这个眼镜配得不错哦。我就瞬间爆发，怒不可遏。要不是同事眼疾手快，我花一百多块新配的眼镜，一定也和饭盒一样命运，会被我一起扔出窗外，摔个粉身碎骨。

还有一次，我感冒发烧，躺到宿舍里两天没露面。胡小军下班时，给我带了一盒"白加黑"，还有一些苹果香蕉之类的水果。我本来还挺感动，后来他说是陈瑜给我的，我马上就像患了病的狂犬，跳下床来，二话不说，把药和水果全扔到了宿舍外面的垃圾桶里，惹得胡小军跳脚大骂：多好的香蕉，多好的苹果呀，你要不吃，可以给我嘛！

好容易病愈，胖子看我情绪消沉，气色不同往日，上班时和我开玩笑：白狗子失恋了？你是不是也听说陈瑜和……我不等他说完，就一反常态地暴跳如雷，把托盘里的一碟子扇贝全扣到了胖子的胖脸上。后来我又赔菜又赔脸，相当于两个月的盘子全白端了。

行尸走肉般过了半个月，时间之河汇入11月。天上云越来越淡，外面风越来越凉，走在街上，树叶穿着"米色风衣"转来转去，像在不舍地和树干道别。

暖气供上了之后，室内愈发干燥，那天晚上我没睡好。早晨起来，不知谁家醋瓶子打碎了，空气中一片狼藉，酸得可怕。我没吃早餐，草草洗了把脸，就去一楼大厅参加例会。

例会结束回三楼,刚上台阶,听到有人喊我名字,回头一看,大嘴巴刘彩霞!她手里拿着一个牛皮纸信封,说是给我的,我接到手里,忽然之间,心跳得像玩过百米蹦极。

我回到三楼,不动声色,打扫完整个传菜间的卫生,又和搭档交代了一声,才把自己反锁在员工卫生间。我拆开信封,里边是一张卡,还附有一张十六开的白纸,被对折了两次,打开呈四等分。卡,我认识,是陈瑜的租书卡,我以前和她去书店常见,正面有蓝色大海的图案,已经磨得半旧不新,浪花都黑乎乎的,像小孩子哭花的脸。纸是一封信,正反面都写满了很漂亮的字,黑色,工工整整,接近于印刷体的那种硬笔小楷,没有错字,也无划痕,看着像是写好又誊过,散发着类似于茉莉花的清香:

亲爱的白驹弟弟:

当你看到这封信时,我已坐上了开往太原的大巴。稍晚,今天下午,我就可以回到广州。

离别总是令人感伤。我应该不会回来了,时间很紧,11月10日报名,1月就要考试。

明年去中山大学读研,这是我今年毕业前就计划好的。当然,来北方打工,体验生活,看看与南方迥异的山河,梦想赶上一场大雪……这些,也是计划好的。

可惜没有看到雪,也没有机会和你当面道别,这是两大遗憾。

我知道，你大概是听到了什么，对我有误解，我也不想过多解释，清者自清，就像前些时有人风传你我一样，肮脏的尘埃，终会被时间之水还以清白。

认识你，在计划之外，算是意外收获。感谢意外，陪我在异乡，度过了一段美好时光，我很开心。

你是个聪明孩子，生性敏感，自尊心极强。心理学上说，这种性格，源于内心深处的自卑，因此，那天在凤山，其实你并未对我说实话，对不对？我是不是又猜中了？呵呵，对于普通人来说，这种性格，也许会过得很辛苦，不过凡事皆有例外，看你喜欢阅读，也喜欢写作（日记也算，瞎编的谜语也算。），如果将来有志于做一名作家，反而很有优势。

时间不早了，我还要收拾东西，租书卡留给你啦——你的退掉真不理智，我气坏了。

记住：即使不重返校园，也不要放弃阅读。永远不要放弃，努力成为更好的自己。

祝你好运，欢迎来广州找我（到时别忘了带上一瓶黄土）。

你的朋友：陈瑜
2002年11月6日

在信纸的最后，她还不忘记附上她的地址、电话和社交账号等好几种我足以联系上她的方式。

我读了两遍，浑身发软，满头冒汗，跌坐在厕所里，像有什么东西被人从身体里拿走了，空得厉害。有人敲门，嚷嚷着说：憋不住了！要拉裤子里了！再不出来就砸门了！听声音像是胖子。我挣扎着，扶着墙，慢慢站起来，收好信，折了折，装到裤兜里，艰难地打开门。胖子看我脸色古怪，行动迟缓，可能以为我中了剧毒，一脸幸灾乐祸的样子。

我挪着走过二楼，挪着走过一楼，挪着走过大厅。大厅里收银台后没有陈瑜的身影，陈瑜平时的搭档也不在；迎宾员刘彩霞不在，刘彩霞平时的搭档也不在；保安胡小军不在，保安胡小军平时的搭档也不在。所有人都不在，我挪着走出"半岛铁盒"的大门，打了一辆车。

寒风中，我打开车门，坐在副驾驶上，问司机去哪儿。司机说：什么意思？我大声说：我问你去哪儿！司机也大声说：大哥，这是你打车，应该我问你去哪儿，不是你问我去哪儿！我更大声说：是啊，那我去哪儿呢？司机也更大声说：是啊，那我去哪儿呢？司机忽然醒悟，说：哎呀，我了个天，我被你小子给绕晕了，我说你这人怎么回事，你自己打的车，你自己不知道要去哪儿？我一拍脑袋说：哎呀，你别吵，我想起来了，我要去广州！司机看了看我，忽然不知从哪里变出一个棒棒糖，在我面前晃了晃说：乖，宝宝下车哦，今天忘吃药了吧？这个叔叔给你，可甜了！我说：我不，我不吃糖，我真要去广州！

五

陈瑜走后不久，吕梁下了一场雪，不大，薄薄的一层，像老天爷落了几粒头皮屑，看着令人反胃。后来，过了不到半个月时间，广东就爆发了"非典"。

吕梁地处内陆，信息闭塞，等知道有疫情时，已是2003年春节过后。我看电视里说，广东已经死亡好几例了。想着陈瑜，我内心不安，睡不好，嘴里起了不少口疮，每天顶着个黑眼圈，和同事集体熏完白醋，喝过板蓝根，就戴着口罩往外跑，到处找公用电话给陈瑜打。

情势愈发不妙，北京有了疫情，华北都有了疫情，山西也成为"非典"的重点防控区。4月中下旬，教育部宣布，全国硕士研究生复试时间推迟到5月底，我为陈瑜松了一口气。

也是因为"非典"，五一黄金周取消，饭店、商店、书店、学校……人员密集场所，全部停工停学。我回了老家，没有公用电话，通信不便，孤独难以排遣，除了通过劳动让自己麻木，借助日记供自己倾诉以外，陈瑜的信是我唯一慰藉，每天拿出来看一看，见字如晤，思念让人百爪挠心，夜不能寐。

乡下冷清，没什么娱乐，电视收不了几个台，每天新闻热点都是非典，新闻节目滚动播报着全国各地疫情实时动态。三十个无处可去的炎热中午，加上三十个灵魂无处安放的夜晚,我在陈瑜的影响下,奋笔疾书,写了十来篇小说,托人到镇上复印,一份寄给当地报刊,一份寄给省城出版社。

报刊出版最快。小说一发表出来,被一位校长看中。校长马上打电话找村长,让我去他的高中就读,费用全免。当时有位少年退学写书,风头正劲,我便以为上学无用,自己也能"靠写书吃饭",忽然又想起陈瑜"永远不要放弃,成为更好的自己"的临别鼓励,于是同意去高中继续读书。

到了7月,"非典"宣告结束,人类劫后重生。9月,我重返校园,进入吕梁城区一所高中就读。差不多同一时间,陈瑜在广州也成功进入中山大学,读新闻与传播专业硕士。

过了国庆,吕梁获准撤地设市。为了迎接美好明天,整个城市都像按下了快进键,新城巍峨,道路广阔,城区扩大一倍不止。凤山景区也被重点升级改造,以前的亭台石椅全部被拆,山上新栽各种树木,花团锦簇,还开发了人工水系、瀑布、喷泉、文娱活动场所、体育健身器材……一切应有尽有,据说还有放羊体验,但我再没上去过。

六

上高中以后,我第一时间打电话给陈瑜报喜,她很高兴,告诉我机会难得,一定要好好珍惜,并说如果没有特殊情况,她硕士读完还要读博,建议我三年后报考中山大学,这样我们就可以做校友了。

因上网不便,公用电话又太远,高中时期,我们俩一般都靠写信联系。其间陈瑜给我寄过一套什么兵法的教辅，还有一些外国文学书籍，我也给她寄过几次特产，以及我写的小说。她多次邀请我去广州找她玩，我都因为囊中羞涩或者其他原因，没有成行。

高中毕业，我第一志愿没录上；投给出版社的稿子也泥牛入海，一直没有消息，只好接受命运安排，老老实实到北京读大学。我上大二时，她到北京参加集训，我们见了一次，当时她气色不太好，我问要不要去医院，她说不要紧，就是女生的特殊日子。和从前比，她变化不大，只是头发长了，皮肤黑了，没戴耳机，嘴上涂着口红，指甲染成了蓝色。我请她喝东西时，她兴奋地说交了个男朋友，是一名生物学博士，还给我看照片。我说：长得还行吧，但是感觉跟你不般配。她问为什么。我说：你学新闻，他学理工，你们在一起，能有共同话题吗？她说：这倒是，那你觉得我应该找什么样的？我犹豫了一下，说的时候有些不好意思：最好找中文、新闻之类文科专业的，有共同兴趣，以后工作了，也还是同行，互相有个照应。她说：正合我意，但是哪那么容易，这个得看缘分。

此后果然被我说中，她和男友分了合，合了分，分分合合，几起几落，中间发生很多事，她没说我也能猜得到。总之，在我快毕业的时候，陈瑜结婚了，新郎不是之前那个，好像是别的什么部门的，家里条件很不错，我为此大醉一场，还砸了同学新买的手机。按理说陈瑜结婚我应该高兴，但是不知为何,也许是高兴过头?反正我醉得不省人事,接着好几个月都不敢再喝。

毕业以后,我在传统媒体、广告公司、文学网站都上过班,整个人生状态就是随波逐流,载浮载沉,最后和朋友一起,拉"风投",做了个科技公司,我任联合创始人兼首席运营官。业余时间,我也没什么别的爱好,只是喜欢阅读和写作。这两件事,是某人送给我的礼物,也是命运送给我的礼物,更是今天的我,与过去的我,保持连接的唯一纽带。

2002年至今,十七年过去了。有时我开着"宝马"车,堵在北京的街头,会忽然想起胡小军当年朝自己竖大拇指:在这一片,我就是这个,所有的小车,管他"劳斯莱斯",还是"宝马""奥迪",都得听我的,我让他停东,他不敢停西!

有时在高档饭店请客户,一桌大几千上万,挥金如土。蓦然清醒的片刻,站在洗手间的镜子前,望着镜子里这张脸,遥远得像个陌生人。流年似水,那年凤山顶上的少年,已被岁月染指,他阅尽千帆,他沧桑世故,他的城堡却依旧空空荡荡……所谓纷纭往事,有时就是一场大梦,而梦里面那些人,醒来之后,一个个从生命里抽空、隐去,悄无声息,无迹可寻,恍若隔世。

陈瑜结婚以后,自然而然的,我和她联系越来越少。因为用手机联系方便,信是早就不写了。后来她又做了妈妈,工作、孩子、家庭、老人,几乎占据了她所有时间,我和她渐行渐远,终于也沦为了"节日问候型朋友"——平时都不联系，只在逢年过节时问候一下。

再后来，不知道什么原因和陈瑜失去了联系。2011年下半年，陈瑜好像是换了号码，没通知我，当时微信还不普及，其他网络聊天软件上我问了几次，都没有回应。我进到她的网络个人空间，发现几年都没有更新，怀疑是被盗号了。没办法，我又拿起笔写信，寄出去才想起来，孩子都有了，她怕是早就换了地址。而她单位，我也不知道，只听她有次说起过：你姐我只是一名小小的记者……

果然，后来的八年时间里，山重路隔，鸿雁全无，我真正体会到了什么叫作"天各一方，杳无音信"。

七

酒店离古刹很近，我便没设闹钟，第二天，也就是前天，我起得有点晚，走到古刹时，已是十点多钟。寺院很有特色，坐北朝南，纵向发展，主殿有六层楼高，正中供着三尊佛像，各高六米，重十吨，皆金碧辉煌。我想抽签，问了几个师父，都说没有这个项目。我说寺庙里怎么会不能抽签，电视里演的都是可以的呀。正在殿外争执，迎面来了一位黄衣大师父，长得慈眉善目，戴着眼镜佛珠，我迎上去说：师父，我要抽签！大和尚止步，唱了个喏道：阿弥陀佛，施主想抽什么？我几欲泪下，凄然说：生死。

师父顿了片刻，说：我看施主好生面善，看面相，应是读书人？我点了点头。师父微微颔首：人活一世，草木一秋。

如梦如幻，如泡如影，如露如电，既是如此，抽签又如何，不抽签又如何？不如我送施主四句偈语，敢问可好？我忙合十道谢：还请师父明示。大和尚双手合十，眼帘低垂，朗声说：有情来下种，因地果还生，无情即无种，无性亦无生。

我似懂非懂，谢过师父，心里反复念着"无情即无种"准备出寺。当走到院中，看到许多香客围着两棵遮天蔽日的大榕树，榕树枝杈粗壮，绿意盎然，下部缠绕着一圈又一圈的红色小灯笼。这让我不由得想起那年中秋夜，只有陈瑜猜到了我的灯谜，当时，我们八个人手里提的，也正是这样的红色小灯笼，在暗夜里，犹如八团燃烧的火焰。听到有人说起这两棵榕树，都已并肩伫立，相依相守超过百年，忽然脑海里浮出两句话来：树犹如此，人何以堪？

下午打车去机场，司机是个精壮的东北男人，留着小胡子，自称来广州发展已经二十多年，什么都可以问他。我就问他广州治安怎么样。他说现在治安很好了，以前有一段时间是比较差，记得有个一家三口被害的案子，女的好像还是个记者……我听得一哆嗦，说师傅你刚才说什么？司机说：女的好像还是个记者！我说：再前面些，说完整点。司机又说了一遍，我长叹一声，一巴掌拍在前面的椅背上。司机不说话，一边开车，一边在反光镜里偷看我。我说：师傅，您记得这个是什么时候的事吗？司机说：具体时间我可记不准，大概时间是……2011年还是2012年来着，嗯，也可能是2013年，反正就这几年的事吧！怎么着，您认识……还是……

我说：师傅，停，调头！咱不去机场了，咱去报社大楼！

八

在报社大厅，保安拦住我，问我找谁。我说：我找陈瑜，文化版的高级编辑，麻烦您。

我去而复返，不顾一切取消航班来到报社，就是想当面问问那个穿裙子的小姑娘：以前，在广州媒体界，也有一位和你同名的女记者，她的老公在公安系统，你有没有听过她……

过了有二十几分钟，我正在大厅门口，背着个双肩包，一会儿站，一会儿坐，一会儿张望闸门，一会儿看着天上的白云发呆，忽然听见保安说：就是她。我回头一看，她从闸门方向走来，穿着一条素净的灰色长裙，米色高跟鞋"噔噔"有声，脸色红润，身材丰腴，鼻梁上多了一副无框眼镜，头发比上次见面又短了。我走过去，惊讶地张开嘴巴，却说不出话。

她带我到隔壁咖啡馆，正好有个靠窗的位置，我们走过去，让服务员收拾了一下。她要了两杯拿铁、一盘水果沙拉、两个华夫饼。然后她说：昨天家长会，女儿非让去，没办法，只好让部门小姑娘临时替我，可能座位牌没换，你又没等她开口就走了，所以闹出了误会！

我一瞬间心情大起大落，如从天上到地下，看她此刻毫发无损，只是眼角多了条皱纹，心里有些难过。我说：你不是做记者来着吗，什么时候换编辑了？服务员送咖啡过来，她说了声谢谢，眼圈红了，说：这几年不太顺，先是我爱人，他在公安系统工作，因公殉职，当时新闻还是我跟的。那以后，我就从法治版调到了文化版，电话也换了，慢慢也不跑新闻了，转了编辑岗。去年，我爸也去世了，你见过他，他在厨房里干了一辈子，最后得肺癌走的，去世的时候很痛苦。我现在身体也不是很好，腰椎、颈椎都有问题，职业病，没办法，女儿才八岁，她未来的路还很长……不说我了，说说你吧，好久不见，你怎么样？我放下咖啡杯，想着，这从哪儿说起呢？她却又说：写作方面的就不用说了哦，职业关系，基本上你参加的活动，出的书，得的奖，我都有了解，你就说说生活吧！

  我喉头有些紧，低着头不敢看她。过了一会儿，我喝了口咖啡说：我吃过肠粉了，你……看过雪了吗？她没说话，只是摘掉眼镜，拿手盖住了眼睛。我说：陈瑜姐，谢谢！其实这么多年来，一直想跟你好好说一声——谢谢！如果没有遇见你，我可能现在还在端盘子。在吕梁，我不会知道阅读的重要性，也不会去写作，更不会努力成为更好的自己！是你，像一团火焰，在我生命中最黑暗的时刻，点亮了我原本平庸的生命！没有你，就没有现在的我……

  陈瑜双手捂着脸，趴在桌子上，几次控制不住发出声音，用过的纸巾，在她面前的桌子上堆成了小山。我们前面桌的一对情侣，后面桌带着笔记本打字的男子，时不时朝我们这边张望。

晚上，我回到酒店，写了一篇小说，连夜发给了陈瑜。小说略长，简化如下：

贞元九年，有儒生张句者，赴京赶考，路遇贼，盘缠尽失，至一酒肆，以端盘为业。庖人归为笑述于女，女容色姝丽，明日诣句，曰："痴矣！诗书满腹而但知端盘，君何不试鬻诗乎？或致资速焉！"

句然之，纳，果速赚，以时入京，试若神，乃成名。宰相爱才，欲招为婿，句不许，其曰："余有今，全赖庖人女，若非不之，余今尚不知何在，是故，非庖人女不娶，望成。"相抚掌大笑，曰："痴矣！汝但知要娶，汝可知人许乎？其或已字，或已为妻，或已为母乎？"

句怅然，泣下数行，忽化一虹，虹飞还昔肆，复化为句。

句诣庖人，因言曰："先生，余已成，愿娶令嫒，结百年之好！"庖人曰："但问吾女。"句遂诣庖人女，正问曰："无卿无我，寤寐思服，今既有成，卿欲嫁乎？"

陈瑜没有回复，直至我到广州后的第三天，也就是昨天。中午我回到北京，回到北五环奥林匹克森林公园附近的家里，微信给她报了平安，她依然未对我的小说有所表示，只是问我要了地址，说要给我寄点什么东西。我放下行李，简单归置了一下,又浇了浇花,一边往公司走,一边琢磨:十七年前,那个冰雪聪明、一点即透的陈瑜,难道真的一去不复返了吗……

上午最忙,回忆这些往事的同时,我并没闲着,处理了三封紧急邮件,回复了五个下属的微信,还接了两个供应商的电话。我感觉有点闷,打开窗户,外面雨下大了,风吹马尾千条线,如梦如幻,如泡如影,泥土夹杂着青草的香气向我走来。我打开桌上的包裹,里边是一个长方体的精致铁盒,盒盖上印着日出大海的图案,盒内只有一张照片。

那是我最熟悉的牛仔衬衣,黑裤白鞋。那是我最熟悉的灰色背包,高瘦挺拔。那是我最熟悉的陈瑜,那么白,那么冷,那么孤独地站在阳光底下。背后就是珠江,鱼翔浅底,百舸争流。她的长发在风中轻盈飞舞,像一团赤色的火焰,点燃了两个白色的小点。

雨声潺潺,风像往事一样涌进来,如怨如慕,如泣如诉。我看着二十多岁的陈瑜变成一只美丽的蝴蝶,在空中翩然起舞,旋又落下,化为一座大雪砌就的城堡,城堡上写着八个黑字:"白驹"过隙,落雁"陈瑜"。

风继续吹

一

下了车才知道天有多热,从停车场到酒店大堂,不过两分钟,背心都湿了。太阳很大,碧空无云,知了在皂荚树上高高地叫着,仿佛是夏天寂寞的修辞。酒店两幢楼,一幢造型是白色贝壳,另一幢造型是褐色海螺,都嵌在绿色的半山腰上。四层的"海螺",三层的"贝壳",表面都被玻璃覆盖,反射着金晃晃的太阳光,像谁丢在海浪声里的童话。我们想住"贝壳",没房了,海螺造型的楼也只剩一个大床房,并且价格很贵,一晚要花两千多。我说:算了,找一家民宿吧。他说:没事,既然来了就要体验下,大床就大床呗,又不是没睡过,你怕啥?

我怕啥?我怕贵。虽然不用我花钱,但他的钱也是钱嘛。如果不是怕贵,我倒觉得大床反而更好,这次来找他,我有要紧话说,睡一起正好可以多聊聊。

粗略算来,我和他已两年未见,但认识却有三十多年了。打小,他父母都在城里工作,他在村里跟着外公外婆一起生活。我家和他外公家一墙之隔，我俩穿开裆裤时就一起玩，他哪儿长了颗痣，喜欢吃什么，怕什么虫子，我全都知道。农村天地广阔，长大一点，我们就漫山遍野跑，四处游荡，春天吃枣花，夏天打木瓜。我们村这木瓜和南方的木瓜不同，又名叫文冠果，长在悬崖上，拿木棍去打下来，里边的子有成人拇指大，又黑又硬，每颗木瓜里有八颗或十颗，我们就脱下上衣包回去，让他外婆，也就是我奶奶，用红线穿二十来颗，戴脖子上当佛珠玩。冬天下雪，风快如刀，外面又冷又滑，除了堆雪人，一般就不出去玩，我们烤着火炉听爷爷讲三国，什么"三英战吕布""吕布戏貂蝉""温酒斩华雄"等等，一边听，一边嘴里还吃点什么，像烤土豆、南瓜子，还有他父母从城里捎回来的大白兔奶糖。有一次，我们还掰了院东井口上的冰溜子吃，奶奶发现后狠狠骂了我们一顿，罚我们剥了一下午玉米棒子，手都起了泡。

最难忘的还是秋天。庄稼收完后，田野空空荡荡，麻雀们叽叽喳喳地在黄土地上啄食，我们便爬到最高的山坡上看云，那是我们童年的圣地。爷爷家的四眼狗跟在我们身后，摇头摆尾，快活得很，让它去追麻雀，总追不到。我们便在山顶上肩并肩坐下，一般顺序是：他、我、狗。他那时总是两手托着腮帮子，眼睛眯成一条线看远方。我有时也托，有时不托，不托的时候就摸着我旁边的四眼狗，它的毛又凉又滑，长长的猩红的舌头，一吐一吐，十分温驯。天气不冷不热，空气中残留着庄稼成熟的味道，我们看远方，远方的山，与我们之间,隔着很多云。云的颜色有多种多样,有白的,有蓝的,还有红的和黄的。风自由自在,吹着我们,也吹着云。云被吹得气象万千,天上就像放电影,一会儿羊在吃草,一会儿两只老虎打架,一会儿残阳如血的战场上,爷爷讲的古人复活了,人喊马嘶,杀声震天,大战几百个回合。有时还能看到一朵云娉娉袅袅,像穿着白纱裙的妙龄少女在挥手问路,他说那个少女像是认识吕布前的貂蝉。有时我们看到"火车","火车"又长又白,呜呜地叫着,一直开到天边去了。他就皱眉,流下眼泪说:如果这"火车"是真的就好了,我们坐上它,去找爸爸妈妈,还有哥哥。因为他父母工作的原因,只能把超生的他寄养在村里,外公外婆,舅舅舅妈,甚至我们这些表兄弟表姐妹,都待他很好。但是村里的顽皮小孩,总是笑他"没娘孩",他受不了,上学后我们因此老跟别人打架,也因此老被罚站。他总是期盼爸爸妈妈来接他,但总盼不来。

我们办好入住,进了三层的房间,酒店的"浪漫"把我吓了一跳:两米乘两米的大床上,居然有两只白天鹅在"接吻",天鹅四周,二十二朵粉红色的玫瑰花围成一颗"心",夹杂一些绿叶,在浅褐色的床旗上起承转合,像爱人写的散文诗。走近一看,原来白大鹅是白毛巾叠的,红花和绿叶都是塑料做的,这自然在情理之中,也很适合情侣,但是两个大男人住,气氛就有些诡异。他估计看出了我的尴尬,边换鞋边笑:房间是提前布置好的,不过这年头,就是看到两个男的,人家服务员也不知道你们啥关系……我赶紧顺着话题说:怪不得现在有些男的,年纪老大了也不结婚!他诧异地看了我一眼,旋即哈哈大笑说:你是说我吗?我正要进入主题,他却不待我回答,三下两下,把自己脱得精光,进卫生间洗澡去了。我想,去就去吧,反正也不着急,晚上还可以继续说。

躺在凉爽的空调房里,我看了看手机,回复了几条信息,又想起了我们小时候的一些事。他上二年级的那个冬天,天特别冷,连老师办公室的水缸都结了冰碴子。我们当时四个年级二十多个学生,都挤在一个教室里。有一天下课后,不知谁在院墙角落里点了一堆黑豆蔓子,火烧起来,烟雾缭绕,学生们都围上去烤火。风助火势,烧得很快,藤蔓迅速燃尽后残余一堆灰烬。这时,有人发现冻得直发痒的双脚,踩在那堆灰烬里也可以取暖,于是一群人就挤上去,争着把脚踩在灰烬里。上课哨声响起时,我们都急急慌慌跑回教室,我高他一级,坐他后面。那一节课我们上语文,其他年级的同学在做作业,我正听老师讲一首什么诗,忽然嗅到一股焦煳味,接着看到一缕黑烟,从我前面的桌子下方飘上来,有些呛人。我低头一看,大叫起来:家浩,你的暖鞋在冒烟!正在讲诗的女老师也听到了,跑下来一看,脸都白了,赶紧让一名高年级的男同学跑去办公室舀水。火被冰水浇灭,老师让我送他回家。到家一看,他左脚后跟那块儿,烫起了一溜发黄的透明水泡,我看着都疼,他却说不疼。正好我爸那年去山里打猎时，捕获了一只獾，家里有獾子油，奶奶就让我回家去取来，给他细细抹上。爷爷端着旱烟袋，摸着白胡子，默默抽了一袋烟，一句责备的话都没说，就出门给他买药去了。

他的脚好了以后，很幸运地没有落下什么毛病，我二姑和二姑父可能被吓到了，也不知想了什么办法，终于把他接到了城里上学。此后，我们开始还每年都见，春节他们开车回来，我们一起走亲戚，看大戏，一起去小时候游荡的地方吹一吹风，看一看电影，感觉很快活。到后来，风继续吹，电影却不再看，我们越长越高，却越走越远，爷爷奶奶相继故去后，春节都很少见了。或许我们的心里，依然还珍藏着童年的圣地，但是也都明白，有些地方一旦离开，就再也回不去了。

是什么样的力量，使我们短暂交集之后，最终走上了截然不同的道路呢？这个问题我刚开始想，他留在床上的黑色苹果手机就响了起来。我正犹豫要不要去叫他，卫生间门刚好开了，他走出来，身上裹着白色浴巾，拿起手机看了看，又去了卫生间。

我下床打开冰箱，喝了一小瓶冰水，然后掀起旁边白色的纱帘，纱帘后是一扇很大的落地窗。窗外是个开放式阳台，铺着木地板，上面摆放着两个带有褐色坐垫和靠垫的原木椅子，两个椅子中间放一个圆木茶几，茶几上放着一把玻璃壶和几个小茶杯。阳台下面，是绿油油的草坡，顺着草坡延伸下去就是大海了。蓝莹莹的大海，平静而坦荡，偶有三五个人在海边的伞下一边喝东西一边惬意地眺望大海，隔着玻璃窗闻不到海水的腥味，只看见快艇像海鸟一样掠过宁静的海面。

他在卫生间又待了半个小时，再出来时，头发干了，浴巾也不裹了，只穿一条黑色短裤。我看到他原本匀称的身材也有了小肚腩，转身套T恤时，左脚后跟上被火烧过的痕迹依然隐约可见。我背靠着纱帘，看着他感叹：怪不得贵，这下面就是大海，货真价实的海景房啊！他却穿好了衣服，握着手机欲言又止，最后下了很大的决心说：那个……实在不好意思，我这临时有点急事，得回去，要不你一个人玩？我马上想到和那个电话有关，问他什么事，要回一起回。他却从黑色背包里往外掏东西：也不是啥大事，这房退不了，你来深圳要看看海、坐坐船，这个防晒霜的防晒指数是五十倍的，白天出去抹上，这个花露水也给你，晚上蚊子多！我把东西接到手里，心想我的事还没说呢，但是房间这么贵，都走了确实很浪费。

二

他走后，漂亮的服务员送来一碟西瓜，我吃着西瓜和老婆聊着天，不觉都吃完了。她问我事情办得咋样，我说才开了个头，她说怎么这么慢？我说得等机会。我问她朵朵乖不乖，她说挺乖的，在家画了一下午画，只是吵着要爸爸。我说：明天就回呀，要不要视频给你们看看海？她说：算了吧，免得你女儿又要跟你要白雪公主。

到了五点多，我琢磨外面没那么晒了，可以去海边走走。但说实话，我志不在此。他不在，我对海毫无兴趣，我这次来深圳，不是来旅游的，我是带着任务来找他谈话的，可惜，一直都没找到机会好好聊。头一天的夜里，我下了飞机已是十一点，到了他家更晚，小区楼上的灯光都稀疏了。但他还是叫了外卖。我把家乡的特产给他，他很高兴，当场就打开两个碗团，浇上蒜、醋、辣椒油，吃得满头大汗。外卖来后，我们吃着烤串喝着他珍藏的进口红酒，他问我怎么忽然想到来找他。我说以前孩子小，现在大点了，能走开。他说：有六七岁了吧？我说：是的，六岁了，下半年上小学。他举起高脚杯和我碰了下，说：好快，去哪个学校呀？我喝了杯里的红酒，又倒上，说：还不知道，划片的学校一般，正看能不能找找关系。他捏了个最大的生蚝放我面前，说：你可以问问我爸，他虽然退休了，但教育系统还是比较熟的。我没说实话，只说是准备问问二姑父。也许是为了掩饰，我也拿了根羊肉串递给他，他却摆摆手，说：你吃你吃，我自己拿，对了，嫂子和朵朵咋不一起来？我说：周末补课。他摇了摇头，好像很了解似的说：现在的孩子压力就是大，应该好好玩嘛。又问我有没有港澳通行证。我说没办。他说还想带你去香港转转，这下只能去西涌了。我说：你工作不是挺忙吗？他说：再忙，两天时间还是有的！他问东问西，说这说那，就是不说婚姻,一直到吃完,我都不好意思直接说那个事。后来洗漱时,我发现他家的卫生间有女人的润肤霜、口红、金色的长发,还有粉红色的牙刷、漱口杯……他家里那么干净,还有一股淡淡的花香味,我怀疑那都不是他弄的。我问他,他却打哈哈,说有时候是会来个……朋友什么的,但不是女朋友。家里干净很正常,每周都会叫保洁清扫。

今天吃过午饭,我们就来了西涌。路上一直在聊天,但始终没说那件事。我想,也不着急,反正我们要在西涌玩一天,时间还多得很。没想到,他突然走了,我的计划完全落空,思前想后,搞不明白原因。尤其是那个神秘的电话,谁打的?说了什么?为什么像在他身上系了一根线一般,远远一牵,他就被牵着走了?

想了好一会儿,想得头都晕了,仍想不清楚,只盼今天赶紧过去,我好回去跟他继续说。拉开窗帘看外面,海滩上的人多起来了,一些陌生的男女,远远地在海边嬉戏,还有人抱着游泳圈下水。我索性不再去想,下床换鞋,拔卡出门。出门去却又回来,把他留给我的防晒霜和花露水,全抹了一遍。

次日一早,我从海边潮乎乎的梦里爬起来,看了日出,吃过早餐,早早地把房退了。没等他接,我自己打车就回去了,挺贵的,居然花了两百块。

上午九点半,我回到了他所住的小区。小区很大,有一面漂亮的人工湖,鱼和鸭子在水里各自为政,忙忙碌碌的;

荷叶们却很团结，志同道合地连成一片，把粉嫩的荷花托举得更加明艳动人。我绕过人工湖，穿过杧果树、芭蕉树、棕榈树，还有一些不认识的花和树以及它们的影子，七拐八绕，好不容易找到他所在的5栋1单元3层，门却敲不开。我给他打电话、发微信，都没回应。点开他的微信朋友圈主页，只看见两个破折号中间夹着一行小字：朋友仅展示最近三天的朋友圈。

因为是星期日，他不可能去见客户。据我所知，他也没什么同事，因为这几年他自己做自媒体，做得很不错，平时办公就在家里。很自然的，我又想起了头天下午那个电话，那个人到底是谁？和他什么关系？客户？朋友？情人？健身教练？还是别的什么？说了什么事？为什么那么急，以至于他要突然离开？我想，以前看新闻，说有些地方会有诈骗、谋杀、抢劫、情杀什么的，不过他那么聪明，这种事应该和他无关，估计，是他昨天那件"急事"还没有办完吧？他去哪儿办事了呢，离这儿远不远？会不会……会不会他压根儿不在深圳，而是去了外地？

我正站在他家门口空旷的楼道里胡思乱想，隔壁有人推门出来，一个光膀子男人探出头放了袋垃圾在门口，看见我，热情地说：等人啊，要不要进来坐坐？我忙说：谢谢，不用了。心里却在沮丧地盘算：如果他去了外地，二姑和二姑父交代我的事还没办好，我就这样回去，岂不是白来了？那我们家朵朵上学的事，还怎么好意思麻烦人二姑父？不行，我不能就这样走了！我就给他微信留言：看到信息速回电。随后打开手机上的购票软件，想万一他很晚才回我，我是不是得改签车票……刚刷两下页面，就听到电梯开门的声音，接着是急促的脚步声，他就出现在我的面前！

我看见他手里拿着汽车钥匙和一个粉红色草帽，草帽上还缀着一只翩然欲飞的黄色蝴蝶。我揉了揉眼睛，想弄清自己是不是看错了。他看到了我，帽子径直掉到地上说：唉，你怎么在这儿？我正要去……我确信他是真回来了，就捡起帽子递给他说：事情都解决了？

他"嗯"了一声，没接帽子，走到门前用拇指摁了一下门上的指纹锁，门就"嘀"的一声开了。我们进了他家，我把粉红蝴蝶帽放到玄关门厅柜上，他换了鞋开空调，假装很随意地说：帮朋友送娃去学英语了，你玩得咋样，坐船了吧？我也换上拖鞋说：挺好的，我下午三点火车，这两天忙忙碌碌，还想早点回来跟你聊聊。他问我喝啥，我说可乐有吗？他说有，转身就去了厨房。我忙进了卫生间。

从卫生间出来，我看见他坐在沙发对面的小藤椅上喝冰咖啡。靠近黑色皮沙发的茶几一侧，立着一瓶没打开的可口可乐，瓶子外面结着一些细小的水滴。我走过去坐下，打开可乐，问他：深圳的孩子周末也这么累吗？他说：是啊，我刚看到你微信，地下车库没信号，你怎么这么早就要回去，还没带你好好玩呢！我笑着说：这不是已经去过海边了吗，今天出发，后天早晨六点就能到，还能赶上上班，明天星期一，请一天假就可以！他喝了口咖啡，仿佛洞悉一切却又不忍点破般看了我一眼，说：一天假都不用请，你退了，我给你买机票吧！我吹着空调喝着冰可乐，脸上却很烫。我还是笑了笑，说：不用了，我想顺路看看沿途的风景，三十一个站呢，路过广东、湖南、湖北、河南、山西的好多地方，我都没有去过，正好看一看。他说：站都不出，你能看个啥？我说：也可以的，至少可以感受下气候什么的。他拿起手机看了看，不知给谁发了几个字，又放下说：那随你吧，中午想吃啥？我说：随便，别太辣就好，这两天有点上火。他说：那我带你吃个粤菜吧。就打电话订座，说是三四位。我问还有谁，他说：朋友家的娃，也许，可能还有她妈……我一看，机会来了，赶紧顺着话题说：不错不错，你现在都会帮人带娃了啊，那等你以后自己有了，就能直接上手！他却一口喝完咖啡，站起来说：你还有想去的地方没？要不，你还是把票退了，我给你买张明天的机票，下午咱俩出去转转。

眼看他又要转移话题，我感觉时间不多了，就强拉回来说：我没什么想去的地方，只想跟你好好聊聊，咱们兄弟也有两年没见了，你一个人漂在深圳，过得还好吗？他疑惑地看我一眼，又坐在我对面说：这么煽情干吗？我挺好的啊。我这也不算漂吧？这房子是我买的，我户口也在深圳，这应该叫定居吧。我说：是，有出息，房子有了，车子也有了，挣的也不少，可是你不觉得还缺点什么吗？你也不小了，条件又不差，为什么还不找个人结婚？你跟我说说，你是怎想的。他"呵呵"笑了一下,把面前的空瓶子攥在手里捏得变了形:找个人?你说吧,我找谁?我也喝完了瓶里的可乐,说:以你现在这条件,那还不是随便挑。他摇了摇头,问我还喝吗,我说不了。他叹了口气,眼圈红了:其实我想娶的人,已经……死了。

三

我心里一震,同情地看着他,暗自揣摩那是怎样一个悲伤而又缠绵的故事。又想,会不会跟那个电话有关?他却没有继续说,而是站起来走向书房。

我跟他去了书房。他的书房跟客卧差不多大,布置很简单,靠门的墙边立着一排白木书柜,柜子里有很多书籍,如《聊斋志异》《风俗通义》,还有一些外国文学书,如《百年孤独》《安娜·卡列尼娜》,也有一些绘本,几米、朱德庸和宫崎骏的居多,品牌营销的也不少,书名没记住,好像有一本《乌合之众》。书柜对面,窗户旁边,放着一张旧门板似的榆木长桌,长桌上是白色电脑,电脑旁堆着书、笔记本,笔记本再往外,是一个好像忘了冲洗干净的蓝色瓷杯,和一个宽矮的玻璃瓶为伴,玻璃瓶中插着一株绿萝,长得十分自在。榆木桌再往里,是一把黑色的旋转办公椅,办公椅往左,空阔白墙上,赫然挂着一幅仕女图。仕女图不稀奇,稀奇的是像这样真人般大的仕女图。图中女子乌发云髻,朱唇玉面,头戴三朵石榴花,身着淡紫色齐胸襦裙,低头侧目,手抚胸口,若有所思。

我说:你这书房挺大啊,比我家主卧都大。他却指着画,说:你看,这就是我想娶的人,可惜她死了。我不由得退了一步,倒吸一口凉气说:什么?这是你女朋友?他倒好,向前两步,走到画边,轻轻地抚摸着女子的秀发说:不是,你看字,她叫朱淑贞,是与李清照齐名的宋代大才女,这么好一个人,可惜遇人不淑,死了快一千年了……

我哭笑不得,走近看画上的小字,那繁体字楷书写得漂亮:

> 巧雲妝晚,西風罷暑,小雨翻空月墜。牽牛織女幾經秋,尚多少離腸恨淚。微涼入袂,幽歡生座,天上人間滿意。何如暮暮與朝朝,更改卻年年歲歲。南宋錢塘朱淑貞詞,嶺南某某人某某年敬錄。

我说:你这玩笑开的,咱说正经的,你哥我什么时候才能喝上你的喜酒?他却正色道:你没发现她很像貂蝉吗?我被他说得一头雾水。

我们走回客厅,时间走向正午,太阳偏南,客厅里的光,混杂着斑驳的树影,在靠窗的灰木地板上摇曳。我抢到了小藤椅,他只好坐沙发。隔着白色的大理石茶几,他的目光黯淡,像在自言自语般对我说:你说这人来到世上,结婚是为了什么?我说:这还用问,男大当婚,女大当嫁,天经地义嘛！他却反问我：天经地义是什么？天经地义也不是法律，法律没有规定人必须结婚，人就可以选择结婚，也可以选择不结婚。我选择不结婚，对别人，对社会，有什么影响吗？好像也没有什么影响。那么，为什么还有那么多人盼着我、催着我结婚呢？因为人是一种很奇怪的动物，他们喜欢同类，不喜欢异类，同类就是要和他们一样，和多数人一样。多数人都结婚，所以你也得结婚，你只有结婚，和他们一样，他们才认为你是正常的，至于你找什么人结婚，阿猫阿狗还是豺狼虎豹，他们根本不在乎！但是这种现象，这种心理本身，它是正常的吗？它不正常！我们是人啊，不是一般的动物，更不是养在笼中的宠物，我们来这世上游荡，活一次，短短几十年而已，转眼就没了，为什么要千篇一律、随波逐流，为什么就不能只为自己而活呢？

他说得激情澎湃，面红耳赤，不知何时已经站了起来，对着我居高临下，滔滔不绝。我待他稍稍平静下来，说：你说得也有道理，不过人生哪有什么事事如意，人是社会的人，不是孤立的人，只要在这社会里，人就有责任，不能随心所欲，比如说你父母希望你结婚，你就非不结吗？他竟拍了下茶几，激动地说：传宗接代有我哥还不够吗？再说了，我也没说非不结。我只是现在不想结，这是我的自由。但是将来有一天，也许我又想结了呢？那也是我的自由啊！

他一口一个自由，搞得我不知说什么好。我们沉默着，气氛有些微妙。几秒钟后，他终于又坐下来，喘着粗气，脸还红着,嘴唇动了又动,最终还是说出了那句话:你有没有想过,假如你当年没有把读书的机会让给你弟,你现在啥样?

他的话是一把生锈的锄头,又钝又笨地将我心里那根深埋已久的老刺刨成几段,却没挖走,于是一根刺变成几根刺;一份疼,也就碎成了很多疼。我又想起了小时候,想起了和他爬过的山坡看过的电影吹过的风,想起了被改写的命运,想起了错过的另一种生活,想起了年轻时因为道路扭转而失散的恋人,想起了这庸庸碌碌的人生,想起了此行来深圳的目的。我感到很疲惫,前所未有的疲惫,像一个人在闹铃中睁开眼,却发现自己昏昏欲眠,此前整晚都没有睡着一秒钟一样。人生的意义是什么?我以前没有想过。以前我只是忙,以后,我想我或许是应该好好地想一想了。我想,人生或许不应该像他说的那样;但是,也不该像我现在这样。

中午去凤凰楼吃粤菜,我见到了粉红蝴蝶帽的主人。那是一个很漂亮的小女孩,比朵朵略大,七八岁的样子,皮肤雪白,黑发微卷,很有礼貌地喊叔叔。我总觉得她有些眼熟,像是哪里见过,但又很确信,我们绝对是第一次见。她的妈妈没有来,她也不生分,看上去跟他很熟,说要吃榴莲酥,要吃猪手煲,要吃蒸排骨,他连声说:好好好,点点点。他问我吃什么,我看了一遍菜单,问没有土豆丝吗?他说:你呀,来这儿吃啥土豆丝,靓女,来,再给我们点一个蒸凤爪、生灼芥兰、避风塘炒蟹、清蒸海上斑,再来一个老鸭汤。我说太多了吧。他说没事,南方菜量小,这些都是特色。点好菜后他绕过我,坐到小女孩那边去了。

吃完已快两点,他说小女孩两点半学钢琴,他要送她,不顺路,给我打个车。我说你别管了,我自己打。打车走到半路,遇上堵车,车里空调不佳,热得我心烦意乱,忽然想,去他奶奶的,豪气一把,便不顾两成的退票费,退了火车票改买机票。买好票,我让司机掉头去机场。司机问几点的航班,我说五点多。他说现在才两点,从这里到飞机场半小时,你这么早去干吗?我一想也是,就问他哪里有卖小孩衣服的,他说前面两公里有个奥特莱斯,都是大品牌打折,还有小孩玩的玩具,你要去吗?

那个奥特莱斯占地面积很大,像个公园,整体是欧式建筑风格,修得像梦幻城堡一样。天虽然阴了,但还是很闷热。我转来转去,准备给朵朵和我老婆……想了想,还有我自己……每人买了两件大品牌的短袖,一共花了六百多。虽然汗如雨下,背心也湿了,心里还是很高兴。

转眼到了三点,忽然起风了,空气中的闷热似乎退去了那么一点,购物公园里的人渐渐多起来,三三两两的鸽子振动着灰白的羽翼,一会儿飞到东,一会儿飞到西。我去外面打车时,路过一家很大的玩具店。我并不打算给朵朵买那个昂贵的"白雪公主",但还是忍不住隔着玻璃多看了两眼。没想到,我竟然看见了她。她的侧脸似乎已不是很年轻,但是乌发垂肩,穿着淡紫色的长裙,气质非常好。

我不认识她。看见她之前,我先看见的是那个粉红色的蝴蝶帽，然后是小女孩。再然后，是陪小女孩挑娃娃的他。到最后，我才确认她跟他们是一起的。起初，我以为我看错了，用手揉了又揉眼睛，角度变了又变，看到的却都一样。我的心里涌上了一股难以名状的复杂感觉，聚散离合，若出其中；生老病死，若出其里……

风继续吹，鸽子们已经不知飞到哪儿去了。有一瞬间，我差一点就要冲进去打个招呼，甚至还想给小女孩买了白雪公主。但事实上，我什么都没干。我转身离去，继续往前走。走到太阳又睁开了午睡过后的惺忪眼眸时，我忽然感觉自己想明白了：人生苦短，就当小女孩的钢琴课已经上完了吧。

然而，小女孩真的去上钢琴课了吗？我想，这和小女孩是谁一样，是一个不容多问但却夹杂了温柔甜蜜、辛酸无奈的更加混沌、更加迷蒙的故事。

第二辑 公关野史

四个有关公关圈的故事。为明星代笔『老枪』、搭讪高手彭程、孟洁的白领闺蜜、内衣女郎林娜,都是公关行业的『闯入者』。那些外表坚硬冷漠的人,内心往往也有一团火,所不同的只是,有的火被浇灭,有的火则燃了起来。

黄昏鸟

一

三年以后,我再次见到老枪,发现他右手不对劲,问怎么回事,他也不答,只是摇摇头,握着胸前的吊坠反问我:说说你吧,你怎么回事?

我看着这个剃着光头、珠光宝气、与从前比判若两人的朋友,再想到自己,千言万语纷至沓来,一时竟不知从何说起。

记忆中的老枪,似乎还一直停留在从前。

从前,"键盘侠"辈出,网上出现某歌星打人,网上像办狂欢节一样激动。我那时年轻,也爱凑热闹,发帖子批判歌星,引来不少跟帖。有歌迷骂我:"想红想疯了""蹭我家偶像热点""要不要脸"……后来,媒体报道,舆论大噪,歌星被判刑,正义胜利,有人便组织线下聚会。我在这次聚会的酒桌上,认识了老枪。

老枪面色黝黑,大块头,体毛旺盛,胡子长得哪儿都是,吃饭喝茶的时候如同探险,需要先拨开芜杂的枝枝蔓蔓,食物才能自由出入。因此他说大我十岁时，我心里并不信。他的眼睛也小，隐约还有眼袋，一笑露出一嘴烟熏牙，嗓门很大，声震屋瓦。大伙都逗老枪，说你哪像1976年生的了，应该是1967年出生的吧？老枪说：鸡子，户口本还填成1996年了呢！我说：哟，"90后"啊！他捋捋海带一样的长发，又顺顺胡须说：后来我回老家改，不给改，最后还送了两包软"中华"！这时，一个网名叫蝶影轻尘的女网友说：你改它干啥，"90后"多好！老枪挠挠头，脸蛋黑里透红，说：主要是，怕我以后成了大作家，那个要是打假，我……举座大笑，不知是谁插了一句：想太多了，你个干代笔的，作啥家啊，又不署你名！

老枪不说话，神采飞扬的脸瞬间黯淡下来，像一名镜头前意气风发的大主播被人冷不防卸了妆。有人继续追问，老枪便皱眉，白瓷杯举在半空，嘴里嘟嘟囔囔，听不清在说些什么。

我那时刚转行进入一家公关公司，满脑子都是品牌，提醒他要有品牌意识。老枪点点头，手捏几缕不懂人情世故旁逸斜出的长发，狠狠抛至脑后，小眼睛眨巴眨巴，迸射出不忿的微光说：道理我懂，市场不懂，一模一样的内容，署名我默默无闻，署名名家，立马能卖大几十万！

我喝口茶说：你看看，这就是品牌的效应，所以更要署自己名，看长远。老枪摇摇头，说：长远要看，眼前更要看，不然眼前没钱，靠什么生活？我说：钱当然重要，但别只顾眼前那点……他喝着茶，左顾右盼，从烟盒里摇出一根香烟，叼在嘴里，待要点着，又收回去，看着我说：你别见怪，我这人比较直接。我只认钱。钱最实在！没什么比钱靠得住，尤其是眼前的钱！

我没再争辩，因为聚餐开始了。众人虽然初次见面，却是旧时相识，边吃边聊，气氛十分融洽。我们那一桌多是女的，齐耳短发无牵无挂，大快朵颐；长发披肩手执青丝，吃得斯文。这时，我举起一瓶酒摇了摇说：别只顾吃啊，也喝点酒！连说几次没人应。正要去隔壁桌找酒友，忽然站起来一个妹子，提起桌上另一瓶酒说：别喊，有本事吹了！谁输谁掏对方结账的钱！我一看，乖乖，53度的二锅头！心里叫苦，却抹不开面子，尤其不能在女性面前跌份儿，只好开酒准备死扛。忽然听到"刺啦"一声响，椅子后退，一人起身说：慢！我一瞅，这不"老枪"吗？只见他手握白杯，笑嘻嘻地说：蝶影轻尘，你想干吗？好事找我啊，晓丁兄，来，瓶子给我！

我以为老枪是个高手，深藏不露，不料他只是虚张声势。大醉的老枪像块红色的泥巴，趴在桌上，似哭似笑，还咬字不清地对酒高歌，给所有熟的、不熟的、半生不熟的网友唱乌拉特前旗流传的民歌：鸿雁，天空上，对对排成行……刚唱一句，哐当一声，像被冷枪击中，一头歪在"鱼香肉丝"的尾声里，口吐白沫，人事不省。两大桌的人都被惊动了，大伙七手八脚，慌忙将他送到医院。

次日下午，我在医院给老枪擦脸，一起陪护的网友打下手，感叹老枪仗义，赞叹蝶影轻尘海量。正说着，老枪醒了，他推开我的手，声音很轻地说：她海量个鬼，半瓶都是矿泉水！我和网友嘴都合不上，吃惊道：那你还跟她吹？老枪疲倦地闭上双眼，嘴角却泛出笑意，声音更轻地说：女孩子嘛，都爱面子的！

大家都认为老枪够意思，纷纷跑医院看他。那个叫蝶影轻尘的，也许是出于愧疚，来了几次，每次都带不少柚子，说能解酒。老枪还不能进食，大量柚子便进了我的肚子。说实话，味道不错，红心的，皮剥干净后又鲜又甜，没有一丝苦味。

此后一月，北方下了一场雪，纷纷扬扬的，树、远山、电线杆、路灯，所有的建筑全都"胖"了一圈，白白的。我怕冷，跑到西单买衣服，意外遇到老枪。

老枪正和一姑娘逛街，肩并着肩，手挽着手，看上去极为亲密。姑娘裹得严实，看不清脸，手里还捧着一杯奶茶。我凑上去打招呼，让老枪介绍介绍。姑娘却像兔子一样跳到我面前，跺了跺脚，一把拉下红围巾，露出半张白脸，呼着白气笑着说：赵晓丁，你看看，这还用介绍吗？

我发誓，我当时特别需要一把尺子。

我想量一量，看看我的眼睛，是不是瞪得比她那个奶茶的杯口还要大。

二

蝶影轻尘真名曹穗，青海人，汉族，芳龄和籍贯均不详，身材娇小，姿色平常，但是脸盘挺大，又圆又白，像满月。

那时曹穗在双榆树北里上班，是一家章光101店的店员，专业是护理头发，业余却酷爱写作，经常在网上发文，自称一天不写作，就觉得自己面目可憎。

不知是否跟职业有关，曹穗和老枪在一起后，第一件事就是改造他的头发。于是我们看到，再次出现在饭局上的老枪，那一头飘逸的长发已然远去，取而代之的是一个规规矩矩的板寸，打着摩丝，一丝不苟地立在顶上，仿佛一群戍守边疆的士兵。也许是为了"对偶"，老枪的胡须也做了"裁员"，以往威风的下巴变成了不毛之地，只有唇周还有些许髭须，孤单地在风中零乱，似在守护最后的"荣誉"。

曹穗和老枪怎么好上的，我不知道，也没去问，尽管后来老枪成了我的同事。

老枪本来是不想和我成为同事的，他对公关有成见，以为招聘公关的只有夜总会。某次聚会上，我给他解释清楚后，他便收起成见，问我工资多少，我有些不适，说：你这人，果然只认钱啊！老枪挠了挠头，略显尴尬，点了根烟说：兄弟，我没别的意思，就是想，如果挣钱多，看有没有岗位合适我。

我不解，问他：做枪手不挺好吗？他努力学着京腔说：

不稳定,老有不诚信的主,七扣八扣的,鸡子,一年下来落不了几个钱儿。过会儿他又眼睛红红地说:曹穗,不能老让曹穗跟我住地下室啊。兄弟,帮帮忙!

我所在的这家公司,主营业务是网络公关,算是个行业风口,网上一打广告,想推广产品的客户排成了长队,所以客户经理个个提成可观。我开始在媒介部干,后来发现太伤人脉,工资也不如客户部,就调了岗。怎么说呢,同事们大多混个温饱,过点小资生活绰绰有余,但北京房价贵,如果想要买房,就还差得远。

好在老枪的理想只是租房,我就给他找了份文案策划的活儿。不料第二天,他就撂挑子!人事经理很生气,唤我至办公室,敲着桌子问:伯乐奖还想不想要?

忘了交代,伯乐奖是我这家公司新推出的一项激励政策,规则简单,就是员工每推荐一位人才,公司将奖励五百元,在人才转正后兑现。

我把老枪喊到楼道口,递给他一支烟。老枪默不做声,抽完才叹气说:这活儿,我可能干不了。

我说:开什么玩笑,你书都写多少了,这点东西,对你算个事?

他忽然一哆嗦,很大声地说:知道吗你,他们……他们竟然让我编新闻!

我更好奇了:新闻?新闻不是中学就学过吗?

他看了我一眼,把烟扔了,一言不发,转身离开,留给我一个背影。

我忙喊：别走啊！人事经理问我，我得给人答复呢！

他就又返回来，胸口起伏，眼中似有流星坠落。

他说：重点是编！编哦！编新闻，不是写！

我说：有什么区别？他又点了烟，也递给我一根。我说：不了。他就自己狠抽了一口，呛得咳嗽，气呼呼地说：区别就是，我根本没去参加活动，他们让我编——现场顾客反响强烈。家住朝阳区的刘小姐赞不绝口，在某金融机构上班的吴女士买了两台，附近居委会工作的王大妈说自己不需要，但可以买来送给儿媳妇……你说说，这不都是造假吗？早知道，还不如夜总会呢！

我的工作是跟单签客户，文案的事不太熟悉。但老枪说的情况，我也有所了解。公关嘛，难免夸张，这也是业内通行的做法。

可是老枪不理解。

他不理解，我怎么跟他解释？

万家灯火阑珊时，我们来到一家名为寂寞的饺子馆。曹穗刚下班，还穿着白色的工作服，身上散发着一股类似消毒液的味道，使人产生一种在医院的梦幻感。几杯酒下肚，老枪变得好说话起来。我打着小算盘说：你怎么着也得干够三个月吧？转了正你再走，就等于是你炒公司，现在走算啥，逃兵，丢人！老枪夹了一筷子"老干妈"，放到自己碗里的饺子上，眯着小眼睛说：好吧，我考虑考虑。一旁曹穗见状，趁热打铁，两手叉住老枪右臂，摇晃着撒娇：好好干你的吧，想那么多干啥，工作嘛，就是赚钱，你还想不想让我住楼房了嘛？老枪快吃到嘴里的饺子，眼看被摇得进退两难，就像许多人的梦想，于是他讨饶般喊道：好吧好吧，我听你的！

此后老枪进步神速，不但如期转正，还对各种体裁的软文都迅速上手，驾轻就熟，以至于文案部每个月评奖，老枪都能获奖，什么论坛稿件、新闻稿件、微博文案、社交媒体营销内容，不一而足。最夸张的一次，因为客户反响热烈，打分甚高，一共六个奖里，老枪一人拿了五个，其他同事共拿一个。对此，同事们颇有微词，老枪无奈，只好请全部门出去吃了一顿。后来有个家伙偷偷告诉我，说要吃老枪一顿饭，比拿五个奖都难！

我也有同感。所谓人无完人，老枪为人仗义，但在金钱方面却不大方，我跟他一起吃饭，除了人多大家平摊外，几乎不记得他掏钱。一开始我不计较，知道他赚得没我多。后来看他奖金越拿越多，房子从地下室换到十几层，曹穗上班只需四分钟，还是步行，他却依然那么小气，心里便有些不爽。

但是不爽归不爽，成年人嘛，总不能像小孩子那样坦率，一有芥蒂就说：哼，我不跟你玩儿了。面子还得维持，只不过喝酒聚会的次数少了，反正大家都挺忙的，时间一久，也就习以为常。

和老枪疏远期间，我交了个女友，叫俞夏，她大学学的美术专业，毕业后却从事人力资源岗。她是我妈同学的妹妹的小姑子的女儿。我妈就是这样，无知者无畏，从来不管我啥条件，有房没房，老通过各种七弯八曲的关系介绍我相亲。以前很多都不靠谱，这次和俞夏交往了一段，感觉还算合得来，我就想和朋友分享我的喜悦，把俞夏介绍给老枪和曹穗认识。

在人们收起风扇，香山的枫叶红了第一茬时，一天中午，我给老枪打电话约他俩吃饭，不料刚接通，他第一句话就说：我和曹穗分了，准备辞职！

三

黄昏时分，我和老枪来到寂寞饺子馆，相对而坐。他的眼袋更加明显，头发短短的，胡子也短短的。我点了他爱吃的剁椒鱼头、凉拌、土豆丝炒肉，又要了两盘羊肉饺子。老枪染成土豪金的短发，在房顶大灯的照耀下熠熠生辉，但我无心观赏。我问老枪怎么回事，他不说，转身在绿色的军挎包里摸啊摸，摸出一本大书，蓝色封皮的，甩我面前。我抄到手里，翻了翻，说这不是《大师》吗？好杂志啊，你在这上面发一篇就牛了！

老枪面无喜色，神采黯淡，似很忧愁地说：我已经发了。

我说：好事嘛，那你不得多喝两杯！我看看，你写的是啥？

他仰着头看房顶的大灯，淡淡地说：短篇第二个，《圈子游戏》，用的笔名。

我翻到目录页，一眼就看到了：黄潮？这笔名霸气啊——冲天香阵透长安，满城尽带黄金甲！

他捕捉到了"黄巢"的梗，仍仰着头说：不敢比，顶多我也就造造文学的反。

我拿过上面画着牛的白色酒瓶，给他满上，也给自己满上，举起玻璃杯说：怪不得，原来你准备转行啊？

他双手搓了把脸，端起酒杯说：鸡子……以前干公关，是为了挣钱住楼房，现在……已经无所谓了！说完一仰脖子，竟把一杯白酒灌下去了。

我一呆，问：你咋了，发表文章不是好事吗？

他用手背抹了抹嘴巴，夹了块皮冻放嘴里，嚼了嚼说：曹穗也发了，上一期！

我喝了口酒，感觉辣，就吃了颗花生米，嚼来嚼去，想不明白，便说：好事成双，真不错，值得庆祝！

不料老枪比二锅头都冲，说：庆祝个毛！你在论坛，看过曹穗写的吧？

这时服务员上菜，我连忙夹了一筷子土豆丝给他，说：当然看过，什么意思？他不说话，只顾往碟子里扒拉老干妈。

我有点警觉，就劝他：杂志社选稿，和论坛标准不同，这很正常啊，你别多想！

他迅速看我一眼，眼神凄切，欲言又止，最后只说了句：唉，不提了，喝！

我配合他举杯,有意调节气氛说:说点开心的吧,你这在《大师》都发了,挺好的,以后真成了大作家,也不枉你送那两包中华!

他脸上终于有了一层笑,但像风一样浅,一闪而过,藏不住事。他笑着说:亏你还记得,我肯定会继续写,不过以后,我不会再给《大师》投稿了。

我问为啥,这杂志多发几篇,你没准就是真……

他却罕见粗鲁,"砰"地拍了下桌子,打断我说:不说了……喝,喝酒!

于是都喝酒,吃菜,看窗外。剁椒鱼头,羊肉饺子,一瓶白的,四瓶啤的,很快逐一消灭。我发现,老枪的脸色,一会儿红,一会儿白,仿佛马路对面闪烁的霓虹灯。最后走时,我看他走路有点晃,便打了个车扶他进去。临关车门时,我心里一动,忽然想起,就喊了一句:接下来什么打算?

半圆的月亮躲在云后,似有若无,出租车载着似睡非睡的老枪,载着他的愤懑他的理想他的心事,迅速消失在茫茫夜色中。我的话被抛在空中,无人应答,很快被风吹散了。

四

微信兴起那年,我得到一个去南方工作的机会。

其实也不是我的机会,是俞夏的机会,总部派她去福州,负责分公司人事,她发现也有适合我的职位,于是就举贤不避亲,这样绕一圈下来,好像也算是我的机会。

那是夏天，正是最热的时候，走之前俞夏说：赵晓丁，要不咱把婚礼办了吧？我说好。在老家，考虑到山高路远，车马奔波，外地的朋友我们只邀请了三位，其中第一个就是老枪。但是老枪没到，他说人在西藏。

我有些意外，开玩笑说：去干什么，皈依还是忏悔呀？听他的声音还是那么洪亮，心情好像不错，大笑着说：鸡子，我是要写小说，写个大作，吓你一跳！

我说你现在就吓我一跳了！写小说哪儿不能写，何必去西藏？他那头有些吵，乱哄哄的，念经的声音，男女低声说话的声音，话与话交织，像罩着一张声音组成的网。过了一会儿，他好像走到了安静的地方，喘着粗气说：不，不一样哦，我不信佛，但我知道，西藏是福地！佛在的地方，总有灵气，你看看马原，《虚构》《拉萨河女神》《冈底斯的诱惑》，写得多好，写得多好啊……

我不知道该说什么好。和曹穗分手对他刺激很大，这我知道。但他们因为什么分手，就和他们因为什么牵手一样，我都不了解。

婚礼当天，我携新娘子给宾客敬酒，忽然收到了老枪的短信：看邮箱，马上！舞台上有台电脑，投影用的，我就走过去打开连上网，登录邮箱，一顿操作，发现老枪发了一段短视频。是他自己拍的，有点意思，我便请工作人员投到大屏幕上。

屏幕里首先出现的是拉萨著名的八廓街，香火缭绕，蓝天白云,大昭寺肃穆壮观,朝圣的人群神情庄重,秩序井然,在光滑的青石板上走走跪跪,怀抱着信仰,满脸虔诚。而我的朋友老枪,那个壮得像头牦牛一样的汉子,衣衫褴褛,头发和胡子又恢复了昔日的荣光,欣欣向荣,连成一片,像个野人。他的皮肤也愈加黝黑,看上去愈加健康,但也愈加遥远。

随着镜头游走,老枪很快召集起一大帮人,他介绍说有九十九人,男男女女,老老少少,穿着很有特色的民族服饰,围成一圈,在他们的动作下,华美的转经轮开始旋转。风有些大,似有人呜咽,所有人的头发、围巾,都在风中一齐起舞,隔着屏幕,我能感到丝丝凉意。老枪顶着风说:晓丁兄弟,祝你和弟妹新婚快乐,长长久久,我和我的朋友们,在拉萨大昭寺,为你们祈福!

镜头移走,扫过每一个人的脸,都挥着手,笑着,口里说着新婚快乐,或者扎西德勒。

我不觉喉头有些发紧,俞夏却不屑一顾,似笑非笑地指着大屏幕打趣:这就是你最好的朋友呀,人没来,连红包都……包得这么特别!

视频结尾,老枪说:欢迎你们来找我玩,我可以,带你们去纳木错,游最高的湖,看最蓝的天,喝最烈的酒,吃最新鲜的牛羊肉……

但是我们没去。俞夏也不适应高原地区的环境,再说工作也不允许。

到福州以后，天气热得吓人，好在一切顺利，只是工作很忙，三坊七巷都没时间去逛。过了半年，俞夏意外怀孕，双方父母高兴坏了，强烈建议我们调回北京，这样离家近，老人帮忙更方便些。

老枪跟我长聊，是在俞夏怀孕三个月的时候。电话里他的情绪不高，说是在西藏数年，本想写个大作吓人，没想到作品没写出来，积蓄却花光了，看来福地也是因人而异……

我安慰他反正写书也不挣钱，不如来福州，我让俞夏帮你问问工作。

老枪"嘿嘿"笑了一声，说：我工作时只认钱，但写书不是。我写东西就只是写东西，和钱无关！

我被老枪说得直冒汗，想了想说：很久以前，北半球有一种鸟，像人这么大，但不会飞，走也够呛，经常是磨着肚子往前挪，磨得肚皮血肉模糊，特别惨。鸟不甘心，就每天练习飞，练了好多年，然后呢？靠，还是不会飞。有一天，恐龙要吃它，恐龙追啊追，这鸟跑啊跑，当然跑不过，怎么办？跳海了！

你别急，故事还没完。

跳海以后呢，它竟然没有死！真是惊喜，它睁开眼睛，发现自己居然没有死！不但没死，还能扑腾两下，随便一游吧，嘿，游得还挺好！这下这鸟明白了，原来呀，多少年来它一直梦想上天，却没发现自己——天生就是游泳高手！

老枪很安静地听我说完，说：我知道你的意思……蛮有意思,这只鸟蛮有意思的。它有名字吗?我说有。老枪说:叫个什么?我答:黄昏鸟。老枪说:不错不错,蛮有意思,真的蛮有意思哦!

老枪最终没有接受我的好意。他说为了寻找新的福地,顺便挣点钞票,他已决定重操旧业,接了一本泰国旅游的书,那作者是个演员,业余爱好旅游,想出本书为自己镀金,但没有时间写。

因为老枪在《大师》发表过作品,又有西藏穷游的经历,金主对老枪十分大方,不但开出了不菲的稿费,还出钱安排他赴泰旅游。当然,金主的每一分钱都不白给,赴泰游历貌似福利,其实只是为了让写出来的文本更加翔实和可信。

老枪赴泰以后,日子过得非常潇洒。至少从微信朋友圈看,他先后去了不少地方。什么清迈、曼谷、普吉岛,还有大名鼎鼎的芭堤雅。椰风海韵,热带风景,美得无须赘述。他还每日晒出歌台舞榭、夜夜笙箫的照片和视频,惹得不少人点赞羡慕。

一时间,老枪的故事演绎成传奇,很快传遍了我们线上以及线下的朋友圈。

不过老枪身在异国,也不是事事顺心。有一次,他曾郑重委托我,从国内加急快递几瓶老干妈赴泰。我收到地址,二话没说赶到超市,不料,刚挑好十瓶老干妈,正叫快递的时候,他却亢奋地发来一条语音,转成文字如下:

不用了不用了,我在一个华人超市淘到了!鸡子,以后就指着这玩意下饭了!

五

四月将近的时候,我和俞夏的儿子在北京出生,母子平安,全家都很开心。

一周以后,我要去上班,谁来带娃就成了难题。俞夏剖宫产后坐月子,岳父岳母本来说好帮带外孙;谁知,三月份岳母跳广场舞,不小心摔了一跤,腰痛难耐,床都下不了,一查才知道是重度腰椎间盘突出。医嘱务必好生休养,否则会有瘫痪乃至大小便失禁的风险。于是很显然,孩子只能由我父母来带。

我父母倒很乐意,他们早就盼着抱孙子,但他们都是农民出身,乡下人,和城里长大的俞夏之间,很多矛盾不可调和。我爸节约惯了,上厕所不爱开灯,有时还忘记锁门,若俞夏正好撞上,不用说,一场"战争"就爆发了。我妈总是想让孩子多吃,又怕冻着,有时衣服穿得比较多,这与俞夏的理念不合。俞夏认为,孩子不吃是不饿,非哄着吃,吃成小胖墩有什么好?衣服也是,小孩子家,穿那么多怎么培养抵抗力?没毛病,又爆发一场"战争"。

满月酒那天晚上,我送走客人后,孩子出了状况。先是呕吐,喂不进奶,后来又发烧,清鼻涕一条接一条。我妈看孩子生病,很着急,也没跟俞夏商量,就跑出去买了退烧药,回来鞋都来不及换,赶紧就让我爸倒温开水给孩子喂。我妈以前在药店干过，略懂点医，我小时候，小病都是她开药。俞夏听到隔壁孩子哭，跑去看，发现正在灌药，气到大声喊道：体温还没上38.5度呢，乱吃什么药？拦着不让。我妈却说：小病不治，拖成大病咋办？推搡间，药掉到地上，碗碎成两半。那碗是结婚时岳母送的景德镇瓷碗，上面有一对鸳鸯，此时已变成了两只分开的鸳鸯。鲜红的药水在地板上流淌，一家人吵成一团。后来俞夏说了句什么夺门而去，我妈气得心脏病复发，被我爸送进医院急救室。

家里忽然空了，我守着刚刚一个月大的儿子，坐到天亮。时间静静地滑过去，我发了条朋友圈，看着窗外的天色，由黑到灰，再到全白。谢天谢地，儿子的体温，终于也由38度降到37度，最后降到了36.1度。

敲门声响起时，我刚喂完第三次奶。我以为俞夏回来了，可能她出门急，忘记带钥匙了。开门却是一男的，光头，五大三粗，身上短袖印着花里胡哨的图案，脖子上戴个东西，背着硕大的双肩包，笑眯眯地看着我。我愣了一秒，认出是老枪，忙请他进屋。

儿子烧退了，一夜没好睡，此刻他喝了奶，又蒙蒙眬眬进入了梦乡。

我问老枪怎么这么快就到了，他没说话，笑，露出一嘴白牙。我说：三年不见，牙都这么白了！他喝了口茶说：在泰国洗的。我跟他说了我的窘况，房贷负担、家庭纠纷，等等，等等。他好像并不吃惊，只是抚弄着茶杯，笑了笑。我再次注意到他的右手。那是一只不完整的右手，大而黑，小指少了一节，光秃秃的，像一段被人锯过的树干。他终于察觉到了我的猜疑，乃至不信任，忽然放下茶杯说：这个嘛，在芭堤雅时弄的，嘿，扔了可惜，我就把它加工成吊坠，挂脖子上了……还蛮好玩的，你要不要试试？说着一低头，也不等我回答，径直摘下吊坠递过来。我一躲，他大笑，说：鸡子，我开玩笑的，其实这玩意……也就是个兽骨！

儿子在主卧突然哭了，声音洪亮。我忙跑进去。

原来是尿了。换下来的纸尿裤热热的，倒是不重，也没臭味。他醒了，咿咿呀呀，手舞足蹈，两只小眼睛圆圆的、黑黑的，像两颗宝石一样晶莹剔透，滴溜溜乱转，一会儿看房顶的喜羊羊气球，一会儿又看我。我看他已没有再睡的意思，就一手扶他脖子，一手将他轻轻地抱起来，走向客厅。

老枪正坐在皮沙发上玩手机，他的手机是镶钻的，看我抱儿子出来，就放下手机逗孩子。儿子看到老枪却哭了，我忙把他抱回主卧，放《蓝精灵之歌》，喂他甜水，摇啊晃的，好不容易才哄得安静下来，他又睡着了。

我轻轻合上门，回到客厅。老枪再次放下手机，神秘地说：微信上说不清，我躲在燕郊是写个大作，已经写了半年了。我说：不错不错，进展咋样？他说：还算顺利，十几万字了。我说：真不错，快写完了吧？他说：还得半年，计划写三十万字。我打了个喷嚏，说：这么长，不好发表吧？他笑了笑，拿起手边的遥控把温度调高，反问我说：为什么要发表？我有点糊涂，说：那你写它干吗？他很严肃地说：我是写给未来的，关键是经得起时间考验，现在发不发，真无所谓！我向他竖了个大拇指，说：你牛逼，这想法，估计曹雪芹当年也这么想！对了，你和曹穗还有联系吗？

他面露喜色，站起来，在地板上走来走去，忽然停住脚说：曹雪芹不敢比，但起码要比曹穗强吧？哈哈，曹穗啊，真应了她那句话，我原以为她在《大师》发了篇散文，以后会走文学这条路。没想到，她混来混去，现在干起了网红，在一个直播平台上，每天冒充青海美女，跳乱七八糟的舞，真是面目可憎得很……

他把"面目可憎"四个字咬得很重，我看了看手表，说：现在网红挺赚钱的，人家也没撒谎，本来就是青海的嘛……你饿了吧，想吃什么，我点外卖！老枪东张西望，忽然指着厨房方向说：点啥的外卖，你想吃什么，我来做！

我没想到，老枪就这样住了下来，一住就是七天。

在这七天里，老枪就在黎明与黄昏的轮转交替之间，帮我做饭、洗衣服、打扫卫生、看孩子。他逐渐掌握了喂奶、换尿布、穿纸尿裤，以及脱换衣服、哄睡、抱小孩等全套育儿操作流程。

有一次，老枪躺在床上，光着膀子，两腿支起来做靠背，放我儿子坐在他小腹上。可能是想着孩子刚尿过，就没给穿纸尿裤，让孩子屁股干燥一下。不料没过多久，只听噗的一声，孩子拉了；老枪的肚子上，满满都是我儿子拉出来的金黄汁液。我很尴尬，手忙脚乱地帮他收拾，他却不以为意，先给孩子收拾了，然后才跑到卫生间冲澡。

这次以后，孩子和老枪像是成了朋友，有时还对他笑。老枪非常很高兴，笑得像个孩子。

更多时候，老枪总是安静地陪我聊天，除了钱不聊，什么都聊。他的双肩包真是大，还有冷藏功能，里面装满了食材，像是牛排、羊肉、秋刀鱼，还有老干妈和外国酒。一次酒后，追忆往昔，老枪说当年在《大师》发小说，引以为耻。我说你喝多了，应该是引以为荣吧？老枪舌头都短了，孩子般咿咿呀呀、断断续续地说：你不知道，《大师》当时那个主编，是个秃头。他去章光101治头发时，认识了曹穗。后来，曹穗就在上面发了散文，还推荐了我，也在上面发！这事真恶心，老子后来才知道……你说，这事儿，不是污辱我吗？

我也有点迷离，想起逝去的青春岁月，心中发酸，跟着老枪也骂了两句。

老枪见我附和，兴致更高，说他在泰国发了财，芭堤雅买了房，燕郊也有两套，现在的座驾是台玛莎拉蒂，价值八十多万，就停在我家楼下的停车场。还说自己现在有几个女朋友，其中一个蛮漂亮，身材蛮好，粤语歌唱得也蛮好。还有一个是波霸，吹拉弹唱，十八般武艺样样精通。不过他最喜欢的还是另一个，长得知性，熟读经史子集，文采好，和她交流简直不用说话……我说"枪总"你真厉害了，你在泰国怎么发的财，应该不只是帮人代笔写书吧？老枪却又不理我，眼泛异彩，滔滔不绝，仿佛进入了自己私藏的某个世界，说到动情处，又哭又笑，最后竟唱起来，依然还是悠扬的乌拉特前旗民歌：酒喝干，再斟满，今夜不醉不还……

七天以后，俞夏和我父母相继回家，生活又恢复了原来的模样，仿佛什么都没有发生过。而在前一天的晚上，老枪与我在月光下握手道别。从此，再无联系。

绿 光

一

这个房间是我精心挑选的。落地窗、大圆床、暖灯光、白色吊篮。吊篮旁边的茶几上摆着两只青花瓷瓶,瓶里的玫瑰散发着淡淡的香味。床上洁白的枕头下面,放着一个浅绿色的心形吊坠,静静地躺在那里,上面刻着红色的"LOVE"。这是我为朱利亚准备的礼物。

朱利亚姗姗而至后,我发现她脸蛋比照片上略逊一筹,身材倒是不错;她靠在我身边坐下,拿起那个心形吊坠在粉颈上比画着,一副欲言又止的样子。

我笑着解释道:这个心形吊坠象征着爱和救赎,还是夜光的,是我特意为你挑选的,它会给你带来连绵不断的好运!一模一样的话我已经说过好多次。

她一脸善良地仰头看着我,直到我说完最后一个字。

快递?我不在家。现在回去得一个小时……我正不知该如何回答朱利亚,有个快递的电话解了我的围。

要不你放在快递柜子里吧,东门那个。行,短信收到了,谢谢!

我不记得这两天我买过什么东西,想必也不是什么重要快递。重要的是,朱利亚不愧是海归,颇解风情。盛宴刚刚开始,我想我应该带朱利亚出去吃点好的,这样有助于体内的"洪荒之力"尽快恢复。

二

次日是个周一,我从酒店直接去公司,开了一天关于某交友软件推广的策划会。因为我一直是这款软件的资深用户,所以方案由我来主笔。头天晚上折腾得比较久,我困得不轻,但是客户要求必须当天交方案,一直到晚上十一点才全部搞定。打车回到住处时,我看到有辆警车停在小区门口。

走出十九楼的电梯,赫然发现两名警察在楼道里逡巡。我心里有点不安,掏出钥匙开门的时候,那个胖一点的警察突然走过来,问我是不是彭程。我一犹豫,他就掏出警官证在我面前晃了晃,说:跟我们走一趟吧。我说:警官您是不是对我有什么误会?我可两天没在家了!这时,那个瘦警察也走了过来,问我认不认识郑朵。我说:认识,她是我前……前女友,怎么了?

她死了!你不知道?瘦警察说。

走吧,有什么话去所里说!胖警察在我肩上拍了一巴掌,手劲真重,拍得我生疼。

我把刚刚打开的门又锁上,跟着他们下了楼。路上我问警察郑朵到底怎么回事,胖警察冷冷地说:如果知道怎么回事,就不会来找你了。我感觉他们是在怀疑我。可是我跟郑朵已经一个月没有联系了。

我最初和郑朵认识,是通过一款交友软件。这款软件很好用,我经常在上面跟人聊天。

郑朵是三个月还是四个月前认识的,具体记不清了,反正当时还是春天,柳树刚开始发芽,沙尘暴很大。

关系当然发生了,现在谈恋爱大都会发生关系的。不过,她和那个软件上的其他女孩有点不一样。

怎么说呢?说好听点叫古灵精怪,说不好听点就是搞恶作剧吧。有一次我下班很晚,洗漱完上床,迷迷糊糊刚刚睡着,突然感觉有一只手从床下伸出来,在我身上乱摸。一开始我以为是幻觉,后来发现是真的,差点吓尿了。我大喊一声,抓住那手一掰,却听见郑朵一声惨叫,灰头土脸地从床底下钻了出来。我说你干啥呢?她说你大爷的,我开个玩笑,你至于这么下狠手吗?我说你哪来的钥匙?她说去买小画板时顺便配的。你们见过这么开玩笑的吗?得亏我没有心脏病,否则不用等到今天,那天晚上估计你们就见到我了!

她是和前男友分手后才在那个聊天软件上找到我的。她说之前没用过,跟我聊天是第一次。

分手的时间是两个月前。也没什么特殊的原因,就是我又遇到更喜欢的女孩了,也不想骗她……好的,说正事,她一开始不同意,说你要是敢踹我,老子就和你拼命。后来我把她所有联系方式都拉黑了，家里也换了锁芯。

分手后一个月的时候她来找过我一次，提了一袋子水果。是我新……女友开的门，郑朵大声喊我的名字，我没出去，她就一直蹲在门口不走，还骂我，骂得很难听，惹得左邻右舍都出来指指点点。我火了，就冲出去；她站起来就往我怀里扑，哭着说你觉得我哪儿不好我可以改。我一伸手把她推了个趔趄，大声说你哪儿都不好，你走吧。她还不走，流着眼泪把水果往我手里塞。我觉得她简直是烦死了，就把她给我的水果全部摔到地上，西瓜、香蕉、杧果什么的都碎了，红的黄的各种汁液流了一地。看她还不走，我就骂她说：你这人怎么这样？我已经不爱你了，你怎么还要往上贴？快滚吧，我永远都不想再看见你！她用袖子把眼泪擦干净了说：你会后悔的。我说：你放心，我不会。她最后看了我一眼，突然转身走了，从此再没联系。

今天晚上我一直在公司加班。没有，没有其他同事。但是你们应该可以查到监控。

不介意，别说指纹了，DNA你们要采也可以，我随时配合。

没问题，郑朵出事我也很难过，只要你们需要，我一定随叫随到。

这个知道是怎么回事吗？我正要起身告辞，胖警察突然拿出来一个小画板。

这个小画板是郑朵的，我认识！

不是问你画板,问你上面的字,知道怎么回事吗?瘦警察直视着我的眼睛说。

Sorry(对不起)PC?这个,我真不知道,PC应该是电脑的意思吧?对不起电脑?

少在这儿装蒜!PC难道不是你彭程的姓名缩写?

三

做完笔录已经两点了,我深感疲倦,走到派出所外面,黑漆漆一片,无边小雨细如愁。拐了个弯走上大道,看到每隔几十步就出现的路灯,光芒惨白细弱,好像灵堂前随时要被风吹灭的蜡烛,我不由得打了个寒战。

我点支烟抽了一口,给麦高打电话,响了好久才接通,他接起来说:彭程你有病啊,半夜三更打什么电话嘛,我好不容易才睡着!

我说:郑朵死了!

麦高沉默了好一会儿才说:开什么玩笑?

孙子骗你!我刚从派出所做完笔录出来!

又是一阵沉默。

怎么弄反了?良久,他叹口气说。

什么意思?

那天,我给你打电话就是要说这事,你小子说你忙忙忙,忙着研究怎么搭讪女孩啊?

哥,我错了,你就先别骂了。你说郑朵找你什么事来着?

我想起来有这么回事。

你是不是跟她说起过我,你有一个写书的朋友?

嗯,是说过!你是我朋友里最有文化的,我觉得跟女孩儿提你是我朋友,倍儿有面子。

她说去你家发现你有了新女友,但是那女的虚情假意,只有她才是真心爱你,但是你把她拉黑了,她一肚子话没地方说,就在网上搜到了我的联系方式,电话里哭得很伤心,让我劝劝你!

稍等,我接下司机电话。我把被雨浇灭的烟扔掉,发现衣服都湿了,网约车终于快到了。

您好,是的,就是派出所出来这个口上,我穿着黑色短袖,牛仔裤,寸头,不戴眼镜。

接着说,那你怎么说的?

我说男女之事讲究个两情相悦,这事我没法劝,你还是得靠自己!然后她就生气了,说你们男人真的没有一个好东西,说她得不到的东西别人也休想得到,说她要杀了你!我赶紧让她别激动,挂了电话第一时间联系你,是想让你注意安全,你一听我提郑朵就说你忙,根本不听我把话说完……

是我的不对。可是也奇怪,她根本没来找我,我根本没遇到任何危险啊!我有点纳闷。

所以我说怎么反了?她说要杀了你,怎么最后死的却是她自己?

是不是她良心发现了?警察出示了她家的一个小画板,

上面写着一行英文，好像是"对不起彭程"的意思。可是，你说她这不是坑我吗？

谁坑谁还不一定吧？麦高有点阴阳怪气。

你怀疑我杀了她？我很直接地问道。

你是花心大萝卜，不算好人，但杀人这种事，以我对你的了解，你还没那个胆儿。不过，如果是她要杀你，你肯定也不会坐以待毙，那么争斗起来，如果有个防卫过当什么的，也是很有可能的！

你不相信我？细雨中网约车来了，是一辆白色的"比亚迪"，我打开后面的车门坐了进去。

就怕你一时糊涂……你最好去自首！

自首你大爷！

坐我前面的司机好像听觉挺灵敏的，也可能听到了什么，背后看着有点哆嗦。我赶紧安慰他说：师傅，您别紧张，人真的不是我杀的！

他回头看了我一眼，眼神更复杂了，头上都是汗。

四

这天晚上我没敢回家，直接住在了公司附近的快捷酒店里，心里很烦、很乱，想一个人静一静。

我一想起郑朵从床底下伸出手来摸我那一幕，就感觉头皮发紧后背发凉。在我家门口，我还把她骂得狗血淋头，她买来的西瓜和杧果也跟着遭了殃，被我砸得"血流成河"，惨不忍睹。

物是人非，当时的"新女友"也已经分手了。朱利亚是我最新交往的一名海归，不愧是拥有海外生活经历，那风情，绝不是一般的女人可比的，关键是人还特别善良，我打死个蚊子她都不忍。

麦高说我自从学了搭讪艺术，换女友比他换牙刷都勤快，暴殄天物、伤天害理，迟早要出事。我觉得他那完全是在嫉妒我。我这个人，有点喜新厌旧的毛病，换女友勤快，但违法犯罪的事我从来不做。

在遇到郑朵之前，交往时间最长的一个女友超过了半年。那姑娘，除了瘦点，容貌普通点，几乎没什么缺点，召之即来，挥之即去，还不说脏话。认识郑朵后，我就和她分手了，她虽然很不情愿，但也没有寻死觅活，只是最后一次相见时在我右肩上咬下了一排很深的牙印，哭着说那是她送给我的"LOVE"，刺青一般，要让我永远记得她。

唯有郑朵，太不一样了。她长得也算眉清目秀，长发披肩，苗条瘦弱，看上去挺文静；可是自从我们在一起后，她的本质就暴露无遗，说话很粗鲁，动不动就要你大爷我大爷的。我大爷已经七十多岁了，我实在不忍心他老人家受我拖累，口头抗议过无数次，郑朵嘴上答应，事后还是一如既往。我在有了新的目标闯入后，于是就提了分手。但是她不同意，竟然要求我对她负责任。我说负个屁责任，我们是自由恋爱，当然也可以自由分手。她说你大爷，那你不是白睡我了吗？

我说你想要多少钱？她说一千万。我摸了摸她的头，确定她不是发烧后说你做梦吧，一千万，你以为你是大明星啊？再说我也没有一千万啊。她就哈哈地大笑着说：给不起，那你就娶我呗。我说：你见过坐公交的，但你见过把公交买回家的吗？她说：你大爷的，老子撕碎你的嘴！

然而，郑朵并没有伤害我，她也就是庙会上的狮子，虚张声势而已。麦高说她要杀我，最后没有杀我，自己却死得不明不白，警察说她跳楼之前身上就有伤，不排除被人伤害后推下楼的可能。伤害她的人是谁？这到底是怎么一回事呢？

拉上窗帘，打开空调，躺在酒店的大床上抽烟，我没敢关灯。但我还是一直睡不着。其实我有认床的毛病，除了万不得已，从不住酒店。现在，我闭上眼睛就是郑朵的脸，忍不住想象她在小画板上写下那行英文时的样子，生怕一不小心她的手就从床底下伸出来摸我。

我觉得，我应该搬个家才对。

然而，当务之急并不是搬家。麦高建议我把手机里的信息清理清理，我不认为他说的对，但清理清理似乎也没什么坏处。很多信息，我都是群发的，我对所有人都说这只是对你一个人说的甜言蜜语，但其实都是大批量复制的产物。女人真是为赞美而生的生物。几乎所有的女人都会被奉承和褒奖而冲昏了头，即使那些奉承和褒奖听起来是那么的不切实际。哪怕她已经是五十五岁了，依然对我恭维她看着像二十五岁而信以为真。哪怕她长得是那么一样家常，依然对我恭维她得漂亮深信不疑。我知道这些东西也算不上作奸犯科，但毕竟也不是那么光彩，清理清理没坏处。

微信、QQ等交友软件都清理过后，手机上有一条短信引起了我的注意。那是一条"社区驿站"的消息，提示我有一个包裹存了小区东门的柜子里，凭验证码提取，二十四小时内免费。我这才想起头天下午那个快递的电话。当时我还一门心思想着和朱利亚在一起，三言两语就把他给打发了。现在，这个包裹已经存了长达三十六个小时，明天取的话至少会超过四十个小时，也不知要收多少费用。

五

阳光明朗，碧空如洗，仿佛一切黑暗都销声匿迹了。郑朵寄来的快递，是一封信和一个十字架吊坠。吊坠是我送她的，浅绿色的心形宝石上刻着红色的"LOVE"，吊绳是褐色的，连接吊坠的左右两边各串着三颗塑料珠子。没错，和我送给朱利亚的一模一样。准确地说，和我送给所有女孩的都一模一样。这些"LOVE"心形宝石吊坠，都是我在淘宝上批量购买的，十块钱一个。最开始，店家说可以免费刻字，我还要求刻了几个名字；后来因为刻字要等，太麻烦，就提前买了一批，刻的全是"LOVE"。

后来，我把这些话讲给很多女孩子听，每次都一样："这个夜光吊坠是我特意为你挑选的，它会给你带来连绵不断的好运！"

我点了一支烟,猛吸了一口,开始看信;信很简短,全文如下:

你大爷的彭程:

居然敢甩了老子!那个混蛋玩弄我、折磨我、甩了我,但我不怕,因为我遇到了你,你说会对我好一辈子,我信了。你还送了这个心形宝石项链给我,说虽然不值什么钱,但是你特意为我挑选的,我也信了,一直带(作者按:应为"戴"的误写)在身上。

没想到你也甩了老子!但老子不怕,大不了一死。我本想去杀了你,然后自杀,但最终(作者按:应为"终"的误写)还是舍不得。这个项链我用不着了,还给你,让它给你带去连绵不断的好运吧。

最后说一句:你大爷的,今天是夏天,明天是冬天,换你你能受得了吗?你如果敢给我打个电话,我就敢不死。从签收之时算起,我等你24小时。

拜拜啦,LOVE。

这是不是坐实了那一行英文是写给我的?是我超过二十四小时没联系她导致她自杀吗?如果是,我这算不算杀人?派出所让我有线索第一时间反映。看着眼前的东西,我却不知该如何是好。

如果知道快递是郑朵寄的,我第一反应是拒收。但是,如果知道她寄的是什么，哪怕刀山火海我也一定会第一时间去签收；别说错过朱利亚，就算错过全世界我也在所不惜啊。

六

派出所调取了郑朵那个单元楼的所有监控，没有发现可疑人员出入。郑朵住处大量证据都指向自杀，而我提供的资料也是佐证之一。但是警察对我二十四小时内都没有给郑朵打电话表示非常不解，怀疑我是故意的。

这话锋突然转向我，形势突然变得岌岌可危。我吓得脸都绿了，这涉及人命关天的大事，只好把那天在酒店和朱利亚疯玩的事情都说了，以证明我当时确实是不知道有这么一封重要的快递需要签收。胖警察说了句"你小子倒是挺会玩的"，说完立即传唤朱利亚。

朱利亚到派出所做笔录的时候，我在外面等她。等了好久她都没有出来。我就去问警察怎么回事。瘦警察说：你回去吧，没你什么事了。我说：朱利亚现在是我女朋友！你们让她做个笔录就不让她走了是什么意思，就因为她长得漂亮，人又善良好欺负？另一个没见过的警察"哼"了一声说：她善良？你确定？我说：你什么意思？

这时胖警察从审讯室走了出来，手里拿着个录音笔，看我在那里咄咄逼人，就把录音笔往我面前一扔，说：本来这东西要保密的，不过有一点我没听明白，鉴于你也算当事人，你听听，没准能对这案子有点帮助。

没错，我那天是跟彭程在酒店……是朱利亚的声音，还是那么温柔。

你认识郑朵吗？这是胖警察的声音。

我……不认识！声音好像有点犹豫。

我提醒你，你现在是在公安局，为了破案，互联网平台信息我们有权利进行调查，说说你跟她微博互相关注的事吧？

沉默，长达一分钟。

接着是低声的啜泣。

莫名的，我也有点想哭。

好吧，我交代。是朱利亚的声音，但听起来已经没那么温柔，多了一些恐惧和无奈。我惊得说不出话来：这还是那个看我打蚊子都说残忍的女孩子吗？

我原以为做得滴水不漏，没想到你们还是找到了我。我的中文名叫潘欢，小学到初中，和郑朵都是同学。别看她长得乖，实际上她学习不好，爱说粗话，打架斗殴什么都干，我可以说是被她欺负着长大的。欺负我倒没什么，她还欺负我妹妹。我妹妹叫潘畅，比我们低一年级，同一个学校。有一次放学，郑朵追着我妹妹打，我妹妹骑着自行车逃，郑朵骑着自行车追，我妹妹撞在了一辆迎面而来的大货车上。我妹妹才初一，就成了植物人，但是郑朵呢，什么事没有，你能想到吗？她还不到十四岁就这么坏！

郑朵毁了我妹妹的一生,我要让她付出代价,但是我妹妹已经毁了,我不能再搭进去。这么多年,我一直在等待机会。直到有一天我看到她微博动态里发布的一条消息,我就知道时机成熟了。她在微博里感叹自己感情不顺,遇人不淑,接二连三被玩弄,有厌世情绪。我就用小号转了一条国外有人做过的用自杀挽回爱情的游戏案例给她,结果不出我所料,她真的按照那个案例的步骤做了。我在美国留学时学的是计算机软件工程专业,回国后一直开发交友软件,彭程和她都是我们的用户,彭程公司还是我们的客户。我算准了她的快递到达彭程所在小区的时间,也获知了彭程的职业、习惯、爱好,用美色和商业的双重诱惑,很顺利地在刚刚好的二十四小时内牵制住彭程,不让他去收快递;彭程不收快递,当然也就不可能给郑朵打电话……

你怎么知道郑朵一定会遵守游戏规则?这是胖警察的声音。

这就是人性的弱点!除非郑朵已经不是郑朵;否则,以我对她的了解,她一定会……

你刚才说你中文名叫什么?还是胖警察的声音。

潘欢。

哦,那你妹妹呢?胖警察又问。

我妹妹叫潘畅!

你看看这个,这是郑朵最后留下的!胖警察拿小画板的声音。

Sorry(对不起)PC?你是说这个PC指的是潘畅?郑朵临死之前写的最后一句话竟然是,对不起潘畅?!椅子响了一下,朱利亚好像站起来了,声音激动起来,最后说到她妹妹时都接近嘶喊了。

我认为有这种可能。不过还有一个疑点,如果是自杀,郑朵身上的旧伤怎么解释?她已经计划要跳楼了,何必要折磨自己?这个事情,你能交代一下吗?胖警察的声音变得特别的严厉,听起来有一种不怒自威的正气。

抱歉,这个我真的不知道。我以我妹妹的寿命发誓,截至今天,我有十几年没见过郑朵了。朱利亚的声音听起来十分疲惫,好像好几年都没有睡过一个好觉似的。

那你还是再想想,也许就想起来了。过半个小时我再来。胖警察说完,录音笔里响起他挪椅子的声音,起身离开的脚步声,关门的声音。

听完录音,我除了吃惊,更多的是感叹。

录音里胖警察的最后一个问题,让我突然想起一件事来。

一直没好意思说,但我现在觉得,也许有个细节对这个案件有用,我就走过去跟胖警察说道。

我和郑朵分手除了遇到更喜欢的女孩,其实还有一个原因,就是她在那个什么的时候,有一点怪癖……有严重的受虐倾向,我如果不配合她,她就自残。我之前听她说过她前男友是个变态，老折磨她，没想到她好不容易离开了他，身体却习惯了受虐……

七

朱利亚被判刑后，我注销并删除了所有的交友软件及账号，再也没有约过任何女孩。我买的吊坠还剩十七条，在搬家前的最后一个晚上，我全部拿出来送给了跳广场舞的大妈。它们在喧嚣的夜里发着光，像散落在人间的天使。

半年后，我在亲戚介绍下和一位家境殷实的姑娘结婚，她美丽知性，活泼好动，和她一起陪嫁的，还有一只名字叫作阿朵的白猫。除了不让我再提前女友，不让我再碰前女友留下来的东西，总体上我对她都挺满意的。

但是两年后，阿朵都生了四只小朵了，可是我老婆的肚子却依旧平平坦坦，一点儿动静都没有。虽然我不怎么在乎，但我妈一直急着抱孙子，指桑骂槐，催了我们好几次，让去医院查一下。

后来检查结果出来，发现我老婆很正常，是我得了精子稀薄症，双侧精索静脉曲张。

我妈没什么话说了。

但是我老婆家里三代单传，家业颇丰，就等着有个外孙来承继家产。岳父岳母明确表示，如果再没有孩子就让我们离婚。

在他们的威逼利诱下，我只好忍痛做了双侧精索静脉曲张手术，流了好多血，半个月疼得下不了床，但是一想到医生说这个手术治愈率很高，我就觉得这苦吃得值。

八

一年后的一天，我妈说市里新开了一家不孕不育医院，有个专家从美国回来的，医术高，逼着我去挂个号。我其实已经相信自己属于那极少数无法治愈的人，不抱什么希望了。但我妈很强势，说：现在就是死马当活马医，你也给我去医！

从医院出来，天有点热，好在有风，我坐在路边的树荫下，抽了两包烟，直到天色擦黑才回家。路过市民广场的时候，意外看到阿朵。两年不见，它看起来已不再年轻，正在一棵枝叶繁茂的大槐树下，扑捉着一只类似知了的活物，猛然抬头，它看到我，眼里的光亮了一下，很快又倏然熄灭，低头伸爪，继续摆弄它的玩物去了。

接着，我就看到了我的前妻，她和一个戴眼镜的男的，推着一个看上去只有三四个月大的孩子，正在广场上交谈着什么，一家三口和和美美的样子。这场景直弄得我心里一阵阵发酸，赶紧假装没看见快步通过。

回到家里，我妈神色凝重地看了半天检验报告，长叹一口气，说：你大姨说五台山有个大和尚看得不错，要不星期天咱们过去溜达溜达？就当是旅游了。

专家说：我这种情况比较罕见，可能主要还是心理原因！

少熬夜，少抽烟！今天给你收拾房间，犄角旮旯里都是烟头!

回到自己屋里,灯也没开,和衣躺在床上。迷迷糊糊正要睡着,突然被一道绿光闪了一下。我像个弹簧一样从床上跳起来,走到床对面的光源前,发现墙上挂着一条荧光闪闪的十字架,久违了的十字架。我想起来,郑朵寄给我的那条"以马内利"已经作为证物上交了,这一条是朱利亚坐牢前留给我的。我送她时说了那么多的祝福,她还我时却只说了一个字:滚。

黑暗里,我的眼前又浮现出朱利亚和郑朵的脸,还有其他许许多多女孩的脸。我把闪闪烁烁的"以马内利"从墙上摘下来,轻轻套在自己脖子上。它满身的尘垢,都已被我妈擦得干干净净,摸上去有一种坦坦荡荡的光滑感。

我回到床上摸出一支烟,但是打火机怎么摸都摸不到。我想了一下,犹豫了好一会儿,打开窗户,把一整包烟都扔了出去。风涌进来,吹得我一激灵,我关上窗户,回到床上,拿起手机,把之前所有卸载的交友软件都重新下载了下来,又注册了新的帐号。

刚把头像、性别、学历、爱好等个人资料全填完,就有一个头像上戴着圣诞麋鹿头饰的女孩主动搭讪,问我见不见面,我字斟句酌地给她发了一段话:

你好,我注册这个账号不是为了约会见面,只是为了告诉玩交友软件的女孩,一定要洁身自好,爱护自己;

不要被男人的好看皮囊和花言巧语所蒙骗,这个世界很复杂,一不小心就可能人财两空,甚至死于非命,到时候你悔之晚矣。妹妹,我是过来人,奉劝你一句:趁早不要玩这种乱七八糟的软件,好好找个好人家嫁了吧。以马内利。

不料麋鹿女孩给我回过来三个字:神经病。

但是我已经决定了,我要把发给麋鹿女孩的这段话,发给所有交友软件上和男人随便约会的女孩们。哪怕她们所有人都给我回复同样的三个字,我也还是要发。我不去五台山,我已经想好了。

问号陀螺

见他拿出高脚杯,我说:不好意思,不会喝酒。他又拿出了雪茄,我说:不好意思,也不会,有茶没有?他就自己点了一支,眯起一双倦眼,把真皮沙发拍得山响。来,坐近一点,坐近一点嘛!这时手机响了,我赶紧借机跑出了他的办公室。

孟洁喘着粗气,很着急地说:问题大了,你快来啊,我先过去等你!

半个小时后,我和孟洁成功碰面。风把阳光吹得透亮,树影婆娑,天又高又蓝。孟洁穿了一袭比天还蓝的蓝色卫衣,宽袍大袖,黑发湿漉漉地披在肩上,没有背包;面色苍白,看上去愈加消瘦,如一身衣服套在竹竿上,被风吹着走。我忙挽住她的手。她的手又凉又滑,似一尾未解冻的鱼。

孩子呢?

她像没听见,自顾自问:你以前有没有跟踪过人?

我正要问啥情况,一辆旧三轮迎面驶出,满载纸片,冲我们而来,我忙松开她的手。车就从我们中间穿过去了,摇摇晃晃的,颇为惊险地卷起一阵灰蒙蒙的尘土。我用手扇了扇眼前的灰尘,遮住嘴问她什么情况。

她看了我一眼,又看一眼。嘴里猛然才蹦出了话:郝南松问题大了。以前我发现他在网上跟"狐狸精"搞暧昧,我和他吵过几次,但也没想太多。没想到最近,他更变本加厉了,每到星期天下午就朝外面跑,上周我忍不住偷偷跟到这儿,发现他还买东西,最后拐进一个大杂院……你说,他是不是外面有人了?

听到她说跟"狐狸精"搞暧昧,我愣了一下,心里百转千回。想了想,我对孟洁说:我从来没跟踪过人,完全没经验,郝南松看着挺老实的呀,不会吧?

很难说,人不可貌相。没关系嘛,你给我壮壮胆也好。

人不可貌相,这几个字此刻从她嘴里说出来,令我感到忐忑不安。但看她眼神也没什么异样,就答应下来,和她一起左顾右盼、东张西望地走进胡同。路上我问她上次是什么情况,她回头说:当时我一个人嘛,没敢进去,不知道里面啥情况!

刚进胡同,我们便埋伏下来。路边几棵银杏树,叶子金黄,在风中招展,很是有些好看。树的后面有个卖时尚女装小店,我们就钻进店里,东摸摸、西看看。年轻的老板娘非常热情,抱着一只不安分的白猫,跟着我们一路推销;什么新款的羊绒呢大衣不错,换季的棉麻连衣裙也很划算……我心跳得厉害,心思完全不在衣服上,看猫咪倒是挺可爱。孟洁连猫都不看,看衣服只是掩护,目标在窗外,不时用余光检阅外面三三两两路过的行人。

  大约十分钟后,我和孟洁同时看到,一个人影匆匆地闪过窗外。一时间,我和她都愣了,以为是我俩的错觉。回过神来,才明白,那根本不是错觉。这人,挺拔的大高个,侧脸像经常演古装剧的那个男星,只是鼻子更大一点,不是他郝南松还能是谁?他还戴个墨镜,行色匆匆,走得飞快,看上去有些亢奋。我本来只是有点惊疑,这时也不免好奇起来,隐隐担心会发生什么大事。

  我们出了服装店,悄悄尾随;怕他发现,不敢说话,只好用目光交流。他却头也不回,径直走进了一家大卖场。我和孟洁简单商量了一下,没有跟进去,转身进了一家视野好的手机店潜伏下来。没多久,郝南松就拎着一大包东西出来了,鼓鼓囊囊的,看不清里面有啥。他还拎着一提长长的卷纸,绿色包装,牌子似曾相识。

  我们怕跟丢,遂紧随其后。他手里的塑料袋,像变了形的老式挂钟的钟摆,随着走动摇啊摇,一直摇到一个大杂院。大杂院的铁门呈暗红色,贴着半旧不新的秦琼、尉迟恭像。墙上有爬藤,半黄半绿的。一只毛色灰杂的老猫,卧在半黄半绿的墙头,半闭着眼晒太阳。

  透过门缝望进去,大杂院不杂也不乱,石板铺地,很干净。几台电动车停在一旁,角落里也没什么杂物。院子中间,一根铁丝横贯东西,晾满了花花绿绿的被子,像一畦梦。我和孟洁蹑手蹑脚推门进去,躲在门的后头,悄悄偷看郝南松。

郝南松向西屋走。他提着东西，走近，敲门，屋内没人应。他放下东西，摸出钥匙插在锁孔上一扭，吱呀一声，打开了门。他又弯下腰，提起东西，用膝盖顶开门，一低头，进去了。

我看孟洁，她脸涨得通红，目光茫然而冷峻，眉头皱成了一个大大的问号。

大白天，光线不错，玻璃窗中的世界一览无余。郝南松的一举一动都在四只眼睛的隐秘监视中，他却浑然不觉，先把东西放在一个形似茶几的物体上，又掏出手机，贴到脸上，嘴里不知说些什么，一只手还比比画画。不久，他又放下手机，像个陀螺般转来转去，最后转到床上，坐着抽起烟来。

烟雾袅袅升起，我透过玻璃，看见白色的烟雾飘向了衣架。衣架很简易，上面挂着几件内衣，颜色倒不艳，但都较小，一看就是女人的。我的心跳得更厉害了，感觉脸很烧，手心都湿了。看孟洁，她的脸更红，眼眸雾气升腾，却像要喷出火来。我怕她冲动，用力拽住她的手，并用眼神提示她，捉奸捉双！

身后大门响了一下。一颗灰白的脑袋冒出来。一位个儿不高的老太太倒着进来，拖个麻袋，里边不知装的什么，鼓鼓的响声很大。我们赶紧躲，四周看却没地方，情急之下，只好钻进了东边角落的露天厕所。

厕所的味道很冲，我们躲过漫长的几分钟，听外面声音渐息，我低声问孟洁走不走。她却松了捏着鼻子的手，手摸腰带，跨到黑洞洞的坑上去了。

后来我工作特忙，压力很大，午饭吃到满天星，加班加到太阳升，像个陀螺一般连轴转，那是常有的事。偶尔下班早，感觉像过年，亲人又不在身边，反而有些空落落的。陀螺也是孤单的陀螺。哪怕有另外一只陀螺相依相伴呢？可惜没有。

我像往常一样上了几次微信小号，那人却反常地没找我。我主动跟他说话，他也不回。翻动记忆的"雪花"，我确信那天没有被发现。但是他如此这般，令我惆怅。惆怅后面是不解。不解之余，我感到有点担心。世上没有不透风的墙，或许，他已从其他地方发现了蛛丝马迹？或许，他已面临某种危险，受到了某种攻击？

那天在客户办公室，接完电话我就跑了；陆总对我很不满意，电话不接，微信不回，单子续约的事估计是黄了。要重新开拓新的大客户，又是千头万绪，各种焦头烂额，直到一个月后，孟洁再次找我，我才想起来她那事还没完。

但孟洁这次找我和那事无关，而是给她儿子过五岁生日。

我内心是不想去的。这种场合，姥姥姥爷舅舅舅妈之类的亲戚一大堆，我一个外人，去了也不能不说话，还得没话找话。但我和孟洁是多年的闺蜜，她儿子孟好又很喜欢我，不去也说不过去。就想去去也好，顺便问问那事。

生日宴是在一家著名川菜馆办的。宴会设在一个包间里，摆了两桌，墙上都是五颜六色的气球；菜也很丰盛，有龙虾有螃蟹,还有不少叫不上名字的蔬菜和汤、甜点,当然也少不了红酒。我给孟好送了一套据说是钛合金材质的变形金刚,他高兴得直亲我,还阿姨长阿姨短,拉着我挨个介绍"与会嘉宾"。这是舅舅、这是舅妈、这是爷爷、这是奶奶、这是新奶奶……我听得云里雾里。孟洁家境好,郝南松入赘到孟家,孩子跟孟洁姓,叫孟洁爸妈为爷爷奶奶,这我是知道的。但这个不认识、看上去却又有点眼熟的新奶奶,是怎么回事?孟洁不是独生女吗,这个舅舅和舅妈,又是哪儿来的?

我问孟好,孟好嘟着嘴准备发言;孟洁却插话:堂弟堂弟,我叔叔家的……来来来,都举杯,感谢大家百忙之中给我家娃来过生日,吃好喝好,有招待不周的地方,请多包涵……于是就都举杯,唱生日快乐歌,再一起分蛋糕吃。

很快酒足饭饱,宾客渐次散去,我正要问孟洁那事,孟好睡着了。孟洁和郝南松急着送孩子回家,看上去挺默契的,正好客户打来电话,我也就没再多说什么。

国庆过后,落叶飞舞飘摇,等不到树木枝头光秃,冬季已"跑步"到来。转眼11月,暖气也烧上了,灰蒙蒙的雾霾再度卷土重来。电视里、网络上,专家每天都在强调气温降低,要警惕疫情再次爆发,还千叮咛万嘱咐:大家把那个口罩呀,能戴的都再戴起来!

我的日子仍然像陀螺,平淡而紧凑;每天朝九晚六,疲于奔命,挤公交,挤地铁,从城市的这一头转到另一头,晚上又转回来。业务却并不起色,大单一个没成。要不是有几个老客户续了几个小单,按照末位淘汰制,别说年终奖,工作都怕保不住。

也有人给我介绍男朋友,但却各种滑稽、荒诞、不靠谱。微信小号则像兰花草一样,一日看三回,看得花时过,兰花却依然花苞也无一个,我都想把他微信号给删了。

国家正确、快速实施的疫情管控政策,使疫情得到有效控制。但是天气干燥,雾霾侵扰,令人感觉很不舒服,所有人都在盼着下雪。然而,好容易盼到第一场雪白了大地,我却极不争气地感冒了。我去医院输液,孟洁微信找我,开门见山就说,要给我介绍男朋友。我心里一震,说我在医院。她竟不顾我反对,立马请假跑到医院看我。

她带着一股风来,风中都是别人的消息。她包裹得严严实实,像被过度包装的商品。我看她一切正常,不像来割席断交、兴师问罪的样子,就故意不提男朋友的茬,问她跟郝南松和好了吧。她解了围巾,摘下口罩,拉开外套,坐我旁边叹气。在医院特有的那种消毒剂的味道中,她的表情更加凝重了,眉头又拧成了问号。

问题大了,我都不知道怎么跟你说。咱俩去大杂院那天晚上,郝南松照常回家吃饭,啥事儿没有一样。我妈不知道,还给他夹鱼吃,我爸还给他倒酒。我这暴脾气,差点儿忍不住当场要发飙。实在是当着孩子的面,又怕老人担心。好不容易吃完,碗筷都没让我妈收拾,我就连哄带骗地把二老推上了电梯。我爸妈跟我住一个单元嘛,你知道的。这时,孟好又让我陪他玩,我忍无可忍,第一次,主动地,让他去一边玩手机。他高兴坏了,抱着我手机就去了卧室……

我就把郝南松叫到书房,深吸一口气,坐在电脑椅上,想跟他聊一聊。我尽量想心平气和,尽量想好好跟他去聊。可惜,眼睛却不争气,我刚一张嘴,眼泪就流了下来。郝南松竟一脸蒙,从沙发上站起来,抽了张纸巾给我,问我怎么了。我一把就打开他的手,熟悉的烟草味,却直往我鼻子里钻,这让我想起他白天抽烟的地方,心里更不是滋味,流着泪问他:你说,你是不是外面有人了?

他愣了一下,身子一下子矮了,一屁股坐回沙发,两只手把头发弄得乱糟糟的,又站起来,看着我说:你瞎说什么呢?

我抹了把眼泪,指着他说:说,是不是老跟你撩骚的那个狐狸精?

他还是一头雾水的样子,张着嘴,眼睛却有些躲闪。我站起来,拳头握得都疼了,指甲快扎到肉里了,我歇斯底里地骂他:你嫌我老了,是不是?你下午去找她了,是不是?他把头发弄得更乱,眼珠转了又转,忽然叫起来:你跟踪我?

我说:人在做天在看,你想想,你对得起我吗?你今天这一切,都是谁给你的?我捂上脸就哭,浑身抖得不行,鼻涕眼泪,擦也擦不完。

他好像慌了,像个陀螺般在房间里乱转。我听他站起来,走几步,坐回去。又站起来,又走几步,又转回去。反复几次以后，他点了支烟，打开窗户，重重地吸了两口。我哭了一会儿，感觉鼻塞，就狠狠地擤了擤鼻涕说：你也不用发愁，男人嘛，敢做敢当，离婚吧！他不吭气，只是很用力地吸烟。

一阵冷风吹进来，我打了个喷嚏。他就把窗户关上，把烟灭了。我又想起白天他抽烟的地方，想起咱们看到的那些女人的内衣，我感觉我都快吐了，就又补充了一句：你问题大了你，你别忘了，车、房，还有孩子，可都是我的！

这话刚说完，他就变了脸。我没想到，他竟然……算了，不说了，反正是把我吓了一跳。他那么注意形象的一个人，我从来没见过他那样。但是接下来，他说的话，让我更吃惊了，你猜他说什么……哎，娜娜，你没事儿吧？你怎么了，脸色这么差？还发抖？这个药……没事儿吧，是不是点滴速度太快了？要不要我去找护士？

我摇摇头，我一直在听她讲。她的讲述很有表现力，我的思绪随着她的讲述进入她们的书房，我仿佛看见了她和他的一幕幕，像放映电影一样，冗杂的日常之下，埋着心灵深处所有的不堪。连她省略的部分，我仿佛也看见了，听到了。出人意料的惊世骇俗背后，一定隐藏着现实的无奈和冰冷的屈辱。那种屈辱我没有经历，却可以意会。人与人的命运，差别太大了。而我对她掌握情况的误判，加上我内心嫉妒、病态、内疚、同病相怜组成的混合心理，使我不由得颤抖起来。

我哑着嗓子说：没事，只是有点冷。孟洁伸出手，摸了摸我的头，她的手仍然又凉又滑，似一尾未解冻的死鱼。她把手缩了一下，说：还是很烫啊。你真的不要紧吗？我有气无力地继续摇头。她把羽绒服给我披上，又开始了……

我站起来，说：你别讲了，我头疼，我不想听了。

我们换个话题，好吗？

她赶紧去扶输液杆。输液杆地震一般晃了几晃，稳下来。她有点诧异地深深地看了我一眼，说：好吧。不过他的事，真是问题大了……

我看着她眼中的寒意，像雾气一样升起来，又像雾气一样散开去，渐渐的，终于消失不见。我的情绪稳定下来。我看了看吊瓶里的液体，不到三分之一了。我也不知道为什么，就想叹气，又觉得不太好，终于还是叹了气。然后我说：你说，人这东西，一天天活着，像个陀螺一样，转过来，转过去，转过来，转过去，这到底是为了什么呢？

孟洁却拿起手机往外跑，示意我等一下，要先接个电话。我继续输液，顺便帮她看着包。十分钟后，孟洁回来，我的液体已经接近尾声。孟洁说：不好意思，让你久等了。我开玩笑说：业务这么繁忙吗，晚上一起吃饭？她说：好啊，正好我妈今晚包饺子，要不一起去我家吃？我揉了揉眼睛，说：要不下次吧，其实我一点儿胃口也没有。护士过来给我拔针，孟洁想了想说：要不这样吧，周末你有空吗？

这又是一个星期天的下午，没有雾霾，云霞灿烂，依稀有风。孟洁一家开车接我。孟洁和孟好坐在后排，右边留了一个空位，明显是给我的。我以前从来没有坐过他们的副驾；这一次，我故意开玩笑般说道：能不能坐副驾？孟洁笑了，说：当然可以，请您自便。然后，我就把副驾座位放的一篮水果挪到了后排的空位，自己真的坐了副驾位置。开始气氛有些尴尬，郝南松只顾开车，一句话不说，孟洁也不说什么；后来因为孟好上蹿下跳出洋相，大家才逐渐话多起来。

四十分钟后，车停了。胡同太窄，汽车开不进去，我们步行。郝南松和孟洁，都提了许多吃的和用的，我提着我的水果。

天冷，人不多。胡同口的银杏树还在，叶子都已掉光；树后小店，可能已换了老板，不卖衣服，改卖儿童玩具了。孟好路过时有点不想离开，一直盯着橱窗里的一排陀螺看，我说：喜欢哪个，阿姨给你买。孟洁说：别别别，不惯他那臭毛病。

很快到了大杂院。

没错，就是上次那个大杂院。铁门上的秦琼、尉迟恭看上去更旧了，衣衫褴褛，风一吹，哗哗响。墙头空空如也，寒风呼啸，老猫已不知去向。我们走进院子，铁丝孤零零地系起东墙与西墙，黑黑的、凉凉的，上面既没有花被子，也没有白日梦。

听到有人进来，西屋的门开了，一个身材瘦小、头发灰白的女人迎了出来。她走路的样子有点怪，一拐一拐，真如孟洁所说，左腿有点不太对劲。

进了屋,屋子里摆设很简陋,只有水泥地,铁床旧茶几,一壶水在火炉上滋滋冒着热气。另有褪了色的黑皮沙发、一个柜子、一个木制的简易衣架。衣架上什么都没有,像是腾出来给我们挂外套用的。但我和孟洁都没坐,也没脱外套,任衣架在那里空着。

屋内的女人冲我们笑,将铝壶从火炉上提起,给我们倒水。几杯热水放在茶几上,雾若云般升起。我们感觉屋里有些冷,搓着手,跺着脚,但是谁都没有喝。女人就叽叽哇哇地说了些什么,她说的方言,我一句都听不懂。不过这一次,我终于看清了她的脸,皱纹不少,但很清秀,眸子略显浑浊,却有一种质朴的、大气的美。

孟好觉得无聊,揪着万年青花盆里的叶子玩,女人忽然掀起衣服来。郝南松厉声喝止,我和孟洁把脸扭到一边。女人却从衣服里变出一个拨浪鼓,笑眯眯地拿给孟好。拨浪鼓上画个小孩儿,小孩儿还留着辫子。孟好刚接到手里,说了声谢谢,孟洁就一巴掌打到地上抱怨:孟好都多大了,还给他玩小宝宝的玩意儿!

拨浪鼓估计被"摔疼"了,在地上滚个不休,"哭声"异常刺耳。女人眼中像有银河闪落,星光点点。她抹了把眼泪,又絮絮叨叨地说话。但我全神贯注,依然只能连猜带蒙地听懂几个词:矿泉水,瓶子,一百个,换……

忽然听到外面有"喵喵"的叫声,女人将门推开一条缝,一只灰猫就笨重地溜进来,轻车熟路地踱到火炉边去取暖。

孟好破涕为笑，急忙奔过去蹲下，伸手欲摸，却被孟洁大喝一声逼退。我怀疑它就是墙头上那只老猫，忽然鼻子一酸，眼前万物都模糊起来。朦胧中，我又想起了孟洁跟我说过的话。

  之前有人介绍他俩相识，她看他人不错，除了穷没啥缺点；但家在外地农村，不太合心意，就呛他说：没车没房，父母双亡吗？要是这样，倒可以考虑。本来只是开玩笑，没想到郝南松说巧了，他正合标准。

  但郝南松骗了她，郝南松其实有一个智力不好的母亲。

  和孟洁结婚后，他母亲一直靠大姑一家帮忙照应。孟洁曾说郝南松抽烟特别凶，一个月烟钱好几百。其实他抽得一点儿都不凶，每月烟钱，多一半都汇给了他大姑，让大姑帮他妈妈买东西。

  孟洁还说，她没想到郝南松那么自卑，更没想到他那么爱我。你知道的，他是个老实人，平时踩死一只蚂蚁都要难过半天。他从不说假话，让他说假话比杀了他都难受。但他为了我，为了和我在一起，却甘愿违背自己的原则，撒了那么一个弥天大谎。他说骗我是因为太爱我，他不能没有我。为了跟他最爱的女人在一起，别说让他撒谎，就是让他上刀山下火海让他去死，他都不会皱一下眉……

  我本来以为郝南松在外面养了个小的，最后发现只是养了个老的；这一切，都是因为我，说实话，我被感动了，他真是个傻子……对了，你记得吗，我跟你说的那个老跟他撩骚的"狐狸精",其实是他自己的小号!他觉得他配不上我,怕我瞧不起他,就自己弄了个小号,假装美女跟他聊天,又故意让我发现,目的就是让我有危机感,别以为他郝南松是个"孤儿",就没人喜欢……

我忍不住插话,小号你验证了?确实是他的小号?他确实有这个小号吗?

孟洁泪眼婆娑,有点哽咽地说:不用验证!他说他已经注销了!他那么爱我!我信他!

我终于也忍不住流了泪。挺好挺好,祝福你们……

晚上我回到家,躺了半个小时才起来。又一次登陆小号,像登上了一条废弃已久的船。我把所有的滚烫记录都翻看了一遍,然后给他发了最后一条消息:

你的小号,真的是你的小号吗?

船翻了,我看到茫茫水面上一个红底白心的惊叹号,旁边写着注释:你已被对方删除,请先发送朋友验证请求……我忍不住大笑,趴在床上,笑得眼泪鼻涕都出来了,床单湿了一大片,我像一头栽在水里的不知深浅的陀螺。

又过了几个月,天气暖和起来。燕回来,风满楼,天上的云彩聚了又散,散了又聚,像在酝酿着一场声势浩大的春雨。待到清明节过后,几场雨就层层叠叠地坠落,穿过发白发亮的雨帘,远处却更加混沌起来。

有一天午后,我换上漂亮的棉麻连衣裙,刚走到公司,就接到了陆总电话。他听起来笑得有些生涩,语速极快地说:

我回国了，你那个单子，过来签一下吧。

挂掉电话，我心里像翻了一页纸，不知来自哪里的风，又乱起来。我上洗手间补妆，发现梳妆镜好像没擦，只看见镜子里一张年轻女子的脸，暧昧又模糊，额上似有污渍，暗影斑驳，怎么擦都擦不掉。

赛琳娜女郎

这又是一个普普通通的秋天。在地球上，这样普通的秋天有过千个万个，每一个好像都一样，但每一个都不一样。

今年秋天，我得到一个回北京学习的机会。离开两年，这座城市多了两个亚洲"最大"；一个是大兴机场，另一个是正在改造的北京丰台站。其中机场和我关系更大一些，深圳飞往北京的大部分航班都停靠在这里，但我最终还是选择了飞往首都机场的国航班机。没错，后者价格是更贵一些，但落地后会让我有一种熟悉感。三十岁以后，我发现自己越来越懒，不爱尝试新事物，也不爱结交新朋友；在北京培训两个月，新同学也认识了不少，但私下聚会最多的，还是以前那些老朋友。

一个周六的晚上，几个老同事请我喝酒；席间，有人提起了她。有个还在原来公司的同事说：她呀，可别提了。后来，经不住大家的再三盘问，同事还是说了她的事，听者唏嘘一片。席散，回到宿舍，我感觉有些头晕，干呕数次，却没有吐；和衣躺在床上，困意袭来，却被回忆紧紧揪住。迷迷糊糊中，我又看见了她。

紧抓着某个夏天的尾巴,她将自己套在不起眼的宽大T恤里,首次坐在我对面时,我并没有发现她有什么不同。那时我刚升任经理,独立负责第一个项目,压力很大,每天扑在工作上,为成本控制和效果保障发愁,也为策划、文案、媒介、执行的协调配合担忧;生怕一不小心搞砸了,给力荐我上位的师父丢脸;所以那段时间,我对项目以外的事物都很麻木。

我的师父七爷,给客户贡献了一个很完美的创意。预算三十万,要做出一百万的效果。客户当然很满意,项目顺利拿下了,我却犯了愁。我师父做策划,向来天马行空;但签约以后,接下来怎么实现,怎么给客户交代,他们策划部是不管的。这是项目部的事。具体到这个项目,那就是我的事。

预算有限,我不得不精打细算;让媒介部同事,联系了几个可以兼职的女孩。

第一个女孩,是某艺术院校的一名女生。名字忘了,长得挺漂亮,个子挺高,挺白,身材绝佳,还出演过两部名气挺大的网络电视剧,她在里边分别饰演一个没有台词的丫鬟和一名背影出镜过三次的风尘女子。女生非常配合,毫不忸怩,客户的产品与她也极为相衬,人面桃花相映红,看上去很美。只是最后谈到报酬时,她张口就要一万块。而我们模特这块的成本,得控制在两千以内,这与她的预期相差太多,不欢而散。

第二个女孩,自称是一名空姐,来自东北,就职于某航空公司,业余出来赚点外快。姑娘要形象有形象,要气质有气质,就是身材一般,但也足够驾驭客户的产品,两千块的报酬也能商量,只是特别要求一点:拍摄的照片不能外传。这就没办法了。我们拍照片又不是为了自己欣赏,肯定要对外扩散做广告的,所以也只能作罢。

还有两个女孩,一个是网店模特,另一个女孩职业栏里,竟然填的护士。网店模特照片拍得多,这次试镜对她算老本行,她来报名很正常。护士也来报名,就感觉有些奇怪。后来才知道,这名护士,平时虽然在医院上班,私下却是资深Cosplay(角色扮演)爱好者,曾经多次参加ChinaJoy(中国国际数码互动娱乐展览会),有一次还差点获得"十大网游宝贝"。她把落选归咎于自己的知名度太低,所以这一次报名,野心勃勃,说给不给钱都无所谓,就是想借这个机会炒一炒。护士虽然娇小,颜值普通,但是身材好,优势一目了然,又不要钱,多好啊。我们把保密协议高高兴兴地拿出来,护士一看,却说不签;因为她本打算来年再报ChinaJoy时,把这段履历作为亮点,重点突出写上去,这要是完全不让提,她参加这个就没有意义了。

四个淘汰三,最后只剩下了网店模特。网店模特很有经验,以前也给内衣品牌拍过真人秀,轻车熟路,了解行规,签协议很痛快,对价格也没什么异议。这女孩很瘦,简直就是衣架子;客户产品针对体形偏瘦的女性也有解决方案,一试镜,效果还比较突出,拍照发给客户,客户没意见,只催促让赶紧出效果。于是就约专业摄影师,拍了一组产品试妆图。文案部为此准备了十篇新闻通稿、二十条微博内容、还有五组百度知道和知乎社区的问答营销,并向一些自媒体大号约了档期,单等照片一修完,就在媒体、微博、公众号、视频号、头条号、抖音、快手、B站(一家知名视频网站)等全平台,展开"海陆空""轰炸式"宣传和带货转化。

因为是我带的第一个项目,我特意请大伙吃了个饭,同事们都说别客气,一定好好配合。不料第二天,后期处理还没到一半,客户忽然打来电话,说这个模特不能用,有问题。我说能有什么问题,后期都快做完了,稿子也好了,就等这最后一哆嗦了。客户就很激动,说:我有个发小在友商公司,昨天聚会看了你发给我的照片,说这模特他们也在用,签了排他协议。我们要是用了她,这事儿就麻烦大了!

平地起惊雷,这个网店模特的突发状况,搞得我们措手不及。打电话质问她,我气得七窍都冒烟,恨不得一把火烧过去。她却吞吞吐吐说:是吗,好像是有这么个协议,记不太清了。哦,那这样,那不好意思了哦,劳务费就不要了……我说:哪这么简单,按合同你得赔偿我们三倍损失。对方就挂了,再打,不接。我就跟媒介部抱怨了一通,找得啥鸟人。接下来的事,我就只好交给法务部处理。

出师未捷,我感觉心慌意乱。再找吧,也不知道去找谁,谁可以信任,万一半路再出个幺蛾子,时间线一推再推,再耽误了客户品牌发布,到时候麻烦大了,就是我的责任了。

我问师父怎么办。师父正好去冲咖啡,回来路过我身边,他指了指我对面的工位说,林娜,赛琳娜,这不现成的吗?我反应过来,啊?她?她行吗?师父拿小勺搅了搅,一股咖啡特有的焦香味迅速弥漫开来,让人仿佛置身于"星巴克"。我觉着挺漂亮的,要啥有啥,关键自己人,是不是,不会掉链子!我正琢磨着那句要啥有啥是啥寓意,她回来了。

她插着耳机,在自己的世界里游弋,对我和我师父的异样目光全然不觉,只自顾自坐下来,继续鼓捣电脑。我师父看了她一眼,问我怎么样。我想着事情紧迫,相信师父的眼光,就说好吧,可以。师父就领着我,喊了他们美工组老大,到会议室开会。

美工组老大不好拒绝顶头上司,只问借谁。我师父说,就那个新来的,林娜。

哦,让她做什么?

简单,拍张照片的事儿,赛琳娜那个新项目嘛,你听,名字就很适合。

美工组老大笑了笑,说:公司项目当然配合,我没问题,你们再征求下她本人和老板的意见?

林娜平时不怎么说话,人却很爽快,一听就答应了。

老板却反应激烈地说她不行,要求换个人。我猜测是因为她新来的,老板对她没印象,就把她好好介绍了一通。我师父也帮腔说感觉她合适,尤其刚刚被网店模特坑了,一时找不到更合适的人。老板还是说不行。我师父又说,燃眉之急,客户很着急,已经同意换她了,如果再说要换别人,换来换去,客户肯定要生气。老板这才犹豫再三,不情不愿地说:那好吧,让她试一试,我估计不行,如果不行赶紧换。

不料,她拍得特别顺,好像老手似的,当天去,当天回,摄影棚的老师都说她镜头感特好,很多都是一次过。我没想到的是,林娜平时穿衣风格保守,宽袍大袖,不显山不露水,换上赛琳娜那号称高科技质感、符合人体工学的新概念 bra(胸罩)以后,身材竟然可以那么生动。她的皮肤是有点黑,体形是有点丰满,但这些都好说,可以靠后期处理。最重要的是曲线和直线,比例堪称完美,让人不由得有点醉醺醺的感觉。我也实在佩服我师父那匪夷所思、出神入化的观察力。

三天以后,不出所料地,"赛琳娜女郎"红了。赛琳娜女郎,就是林娜。

当然,单靠常规宣传照片是火不了的。真正让林娜一夜蹿红的,是我们埋的伏兵。拍照那天,我们拍了一张她穿着赛琳娜新概念 bra(胸罩),手持打印出来的一张《征婚启事》的照片。启示上写的是:本人阿娜,现年二十六岁,本科学历,在北京 CBD(中央商务区)某公司工作,收入稳定,现诚征一名男友。要求如下:1.男的,2.活的,3.可以给我买得起赛琳娜高科技新概念文胸。"

宣传照正片发布当天,我们用一个事先注册好的微博小号,以"阿娜"本人的名义,发布了这一张征婚照,并创建了"赛琳娜女郎硬核征婚"的话题;又安排了几十个百万粉丝的大V（知名博主）转发讨论；还有几百个普通网友参与热议。话题很快被炒热，先是上了分榜热搜，后又上了总榜热搜。更多不明详情的网友，像潮水一般，抱着看热闹的心态参与进来，有欣赏的，有质疑的，也有唾骂的；但无一例外，都在为这一话题免费贡献着热度。

还有喜欢从网上找热点的传统媒体，主动撰文报道。当然，媒体记者大都久经沙场，有一些报道是报道了，但最后还不忘加一句：因为征婚的白领阿娜女士，对男友的前两点要求等于没要求，真正的要求只是第三点，所以不排除该女士与某品牌文胸联合炒作的可能。

然后，就有媒体打电话到赛琳娜公关部，询问品牌是否有参与炒作，得到的答复当然是否定的。媒体质疑是炒作，但又不能确定；客观上，进一步激发了网友对赛琳娜bra（胸罩）的好奇心。

我们公司的"舆情监测小组"，用大数据舆情监测系统监测到，短短两天内，赛琳娜文胸的网络搜索量翻了十万倍，各大网络社区、社交平台上，网友自发生产的UGC（用户原创内容）内容，如"赛琳娜文胸是什么""赛琳娜文胸有什么高科技？""赛琳娜文胸新概念新在哪儿？""赛琳娜文胸为什么那么贵？"等内容，也呈井喷式爆发。

这些都在我们预料之中。我们事先准备好的针对品牌和产品的十篇新闻通稿，二十条微博内容，还有五组百度知道和知乎社区的问答营销，就都根据新换的"赛琳娜女郎"具体信息进行修改、换图，一下子全发了出去。人气正旺时，也就是我们和几个自媒体大号约好的发布档期到了，于是在公众号、视频号、头条号、抖音、快手、B站（一家知名视频网站）等全平台宣传带货。第一天，仅仅某公众号就卖出了二千二百一十六件，就算是粉丝专享价打88折，一件也要卖四百多元，也就是说，只这个公众号，一天，就给赛琳娜带来了九十万以上的销售流水，减掉佣金抽成，算上可能有的退货，再减去成本，赛琳娜的净利润至少也在四十万元以上，一笔就赚回了推广费。再加上其他平台和自有平台的销售，简直是赚疯了。

赛琳娜火了，客户很高兴，不但很痛快地结了尾款，还说要和我们签年度框架协议，以后长期合作。可能因为效果远超预期，客户满意，老板特意把林娜叫到办公室谈话，感谢她临危受命，给公司救急，还说要给她相当于模特报酬二倍的奖金，她却不要，且没有一点儿高兴的样子，回到座位上，一个劲儿叹气。

我问她怎么了。她没理我。

后来才知道，因为拍照片的事，男朋友和林娜分手了，父母也说她脑子缺根弦。林娜问我，网上发过的那些照片，能不能删？我一愣，说钱你一定得收，不收白不收，这是你应得的，但是照片是客户说了算，想删没那么容易。她想了想说，产品宣传照不删，征婚那个删一下，行吗？我自己先寻思了一下，想到KPI已经超额完成了，就对林娜说，我问问客户吧，说说情况，看客户能不能通融一下。她就不再叹气，又嚼起了口香糖，还第一次主动地给了我一粒，水蜜桃味的，好甜。

客户还算开明。关键效果好就都好商量。但我们能删的，也就自己花钱约好的那一部分微博稿件和通稿。还有一部分网友自发转载和媒体报道的，没法操作，成了漏网之鱼。

林娜知道我已经尽力，也没说什么，只是又开始了叹气。她不哭不闹，只是叹气。叹得坐她对面的我，心慌意乱，内疚不已，但也不知说什么好。

有一天中午，午饭后，我和我师父走到公司楼下时，看到一群人都在往上看。我们也跟着往上看。第一眼，发现有个长头发的女的，在楼顶天台上站着，一动不动。再看第二眼，我师父突然发现了问题，说天哪，那不是林娜吗？我一回忆，没错，林娜这天是穿的红色衣服，赶紧给她打电话。还担心她不接或没带手机。结果她接了。问她在哪儿，在干吗。我声音都是颤抖的。她却叹了口气，幽幽地说，没干吗，憋得慌，呼吸下新鲜空气。

最终，这件事以虚惊一场收尾，却让我和我师父，乃至老板，都意识到了事情的严重性。我不敢想象，假如当时我们没有及时赶到，我没有给她打那个电话，结局会是怎样。我更不敢想象，林娜大中午的上楼顶天台，真的只是为了呼吸那所谓的新鲜空气吗？从这以后，老板就和写字楼物业经理商量，重新锁上了通往天台的通道，并且特意叮嘱我和美工组老大，以及坐在林娜附近的同事们，没事多跟她说说话，多关心关心她，最好给她介绍个男朋友，千万不敢再出问题。

美工组的老大，是一名已婚女性，有两个孩子，小的刚过了一周岁生日，因此她平时没事只想着往家跑。林娜是新人，平时上班、下班、吃饭，总是插着个耳机独来独往，和同事们交流也少，只有我最近因为"赛琳娜女郎"的事，工作来往较多。事情是因我的项目而起，万一她有个三长两短，公司损失不用说，单我自己的良心，就一辈子过不去。我师父对我说，关心林娜这个事情，还是得靠我自己。

可是，我怎么去关心她？我有女朋友的！

周五快要下班时，我鼓起勇气，大声喊住戴耳机的林娜说：不好意思，我请你吃个饭吧，向你赔个罪。她竟满脸惊讶，嚼着口香糖说：有这个必要吗？我忙说：有，有，要请的。她却摇了摇头：不，我只和我男朋友一起吃。

我琢磨她话外有话，有些尴尬，故作幽默地缓解气氛：这个恐怕有难度，你知道我有女朋友的，不能以身相许！她说：我呸！动作太大，口香糖都吐掉了。她把口香糖扔到垃圾桶，说：你也不是我的菜啊。我一看她笑了，忙就坡下驴道：那您喜欢吃什么，我明天就去菜巿场头。除了买菜，其他有什么需要也尽管吩咐。世界这么大，丢一根葱算个啥嘛，别放在心上，整个新发地都是你的！

次日下午，普普通通的一天，大朵大朵的白云在天上，被风牵着跑。阳光的"手"穿过玻璃，温暖地"抚摸"着飘窗上的小熊毛绒玩具。女朋友蓦地放下手机说：天真好。我马上翻身坐起来，说：好不容易不加班，咱们去银杏大道吧。

  北京的银杏大道有好几处，尤以钓鱼台国宾馆附近的最为知名，据说总长度有数百米，女朋友早就想去。那现在就去。坐八通线换乘一号线，从木樨地站下车又步行到目的地，前后花了一个半小时。天气正好，不凉不热，恰逢周末，有许多游客拍照。有相依相偎的大学生情侣，有推着婴儿车的小夫妻，有坐着轮椅的白发老者，还有一群小学生，背着画板，在一名老师模样的女子带领下准备写生。这是一个金子般的世界。金黄的墙壁，金黄的地毯，金黄的屋顶在蓝天下开窗透着气，金黄的蝴蝶在风中飞呀飞，落到地上"吻"人的脚，"吻"得世界沙沙响。

  似有若无的草木淡淡的馨香里，我刚给女朋友拍了几张照片，就接到了林娜的电话。

  秋夜微凉，灯影低垂，暮色紧紧锁起眉头时，我和林娜从太阳宫一家大型商场往外走。她坚持只和男朋友吃饭，而且晚上节食，仅和我喝了几罐啤酒。好像没吃什么东西。也许吃了一点水果沙拉？记不太清了。但是快要走出商场，路过一家儿童游乐场时，发生的事情我却记得很清楚。

  我们坐扶梯，下到一楼，远远看见有几个家长，在游乐场外陪孩子滑滑梯、骑摇摇马、蹦床、玩沙子。越走越近，突然之间，林娜一把抓住了我的手。我吓了一跳，本能地想挣脱，却被那手的触感牵着走，只觉得如丝如缎，如梦如幻；

"赛琳娜女郎"的形象，再次在我的脑海里汹涌，令人不忍就放开。正乱着慌着，脚已经迈到了家长堆里，正巧看到个熟人，记不清是谁来着。这时，只听我手里牵着的林娜，很大声地说：哎呀，老板，好巧啊，带孩子出来玩吗？我一看，长头发，戴眼镜，嘴角还有一颗痣，不是老板还能是谁！老板手里拎着个孩子的水壶，看了看林娜，又看了看我，最后看了看我们牵着的手，表情很复杂，点了点头说：嗯，不错不错。

当天晚上，我嘴巴里的酒气，和手心里忘记洗的香气，被我女朋友成功"捕获"。她大闹一场，任我百般解释都不信，最后竟逼我删掉林娜的微信和电话。我大呼冤枉，宁死不从。等到了第二天，她说：那好，我们分手吧。

因为"赛琳娜女郎"这个炒作，我失去了女朋友，而林娜失去了男朋友。按照通俗小说的桥段，好像接下来，我和她正好可以在一起。但是生活毕竟不是小说，这样的故事没有上演。相反，从这以后，我再也没有见过她。

匆匆一面，不曾告别，但她没有再去公司。

她的位置上，很快有了新的面孔。我用微信和电话问她，都被拉黑了。我感觉莫名其妙，有点不安，假装随意地和规整她工位的行政部同事聊天，得知她已办了离职，东西也都托朋友拿走了。我那一周都在加班，为了抵抗回家后的巨大的挫败感，用密不透风的工作把自己的孤独填满。

但我没有看见她，也没看见她朋友，很好奇她什么时候办的离职。

日升起，日落下。岁月的嘴唇一张一合，一点一点，把我们的生命咬去。"赛琳娜女郎"之后，我在那家公司又待了一年多，负责过一个音乐APP（应用程序）的项目推广，搞得也很成功，还得了一个行业大奖。后来，因为我师父和老板之间发生了一些很狗血的事，闹得很不愉快，正好有人邀请他另立门户，我就跟着师父远赴深圳创业。我师父视我为得意门生，也欣赏我对他不离不弃，拉我做合伙人，给了一笔股份。

我在深圳干得也不错，只是太忙，没有时间谈恋爱。公司里倒是也有不少女同事，还有妹子主动约我看电影，但我师父一直教导我，兔子不吃窝边草。我知道，师父他老人家阅人无数，他的经验之谈，我得重视。

今年秋天，有一个行业内的精英培训班在北京举办，我师父力荐我去参加，一切费用公司出。临行前，师父给我饯行，叮嘱我此行目的有三：第一，结识优质女性，解决一下个人问题，有利于更好地搞事业。第二，学习前沿理念，保持与时俱进，有利于更好地搞事业。第三，拓展行业人脉，经营潜在客户，有利于更好地搞事业。

但在北京的两个月时间，我却总是不由自主地想起她。有时也会想到她。

她和我分手以后，再也没有联系过。倒是没拉黑，但她朋友圈屏蔽了我，很干脆地将我彻底地关在了她的世界之外。

一个共同的朋友说,她回了老家,还看到她朋友圈发过疑似订婚的照片,花花绿绿,真真假假。但对我来说都不重要了。因为我师父还说过,好马不吃回头草。说起草,我又想起了草木的馨香,想起了那个动人的金黄的世界。

在一个阴郁的周末,我一个人打车,又去了一次银杏大道。这次我待了很久,从南走到北,又从北走到南;但我一张照片都没有拍,一句话都没有说,任由过客从我的身边擦肩而过,秋风拂动,落叶将一切印迹掩埋。

鬼使神差地,别了银杏大道,我又去了那个商场,结果一无所获。

商场仍在,只是"朱颜"改。以前喝啤酒吃沙拉的店已经找不到了。一楼的游乐场也换成了大型羽绒服展销会。我又想起同事说过的那座桥,想去看看,出门时路过一家似曾相识的内衣店,正纳闷何时去过,看见门脸上三个大字:赛琳娜。

我打上了出租车。司机却很茫然:哥们儿,你说啥,我在北京开了二十年出租了,哪有你说的这地儿,根本就没有这么个桥。我就很生气,打电话给同事。同事接通了说:啊,不会吧?那可能是我记错了,但是事儿是真的,千真万确,我蒙你干吗,她确实和老板领了证,也确实开车撞了老板和老板新欢的车,还把自己冲到桥底下去了,不信你问问那谁……

仅仅两个月时间,秋天已经变成了冬天。

北京早就送上了暖气，天气预报说西伯利亚的寒流正在路上，不日抵京，预计会下雪。但我要回深圳去了。北京和深圳，都不是我的归宿地，就像风起的一刻，金黄的落叶撒满我肩头，也曾给过我瞬息灿烂；但是风，永不停歇的风，把我带到这里，带到那里，终有一天，也将会带我离去。

而在离去之前，哪怕再短暂的归宿，也是归宿吧。

地球上的秋天，都是相似的，而冬天大不相同。即将落雪的北京，等待的是一场白色的重叠的一望无垠的覆盖；而远在南国的深圳，仍将以椰树暖阳和鲜花海风迎我。我决定试一试新路线，回深圳，走另一座机场。

第三辑 贵圈往事

三个有关煤老板和娱乐圈的故事。创业者、演员、煤老板，这些外表光鲜的角色，在看似高贵的背后，私人故事却罕为人知、一言难尽。无论是压力之下的『风中消息』，还是精神异化的『林中火焰』，都是个人史上的『黑戳』。

风中消息

白色的风,岭南的烟雨,七里香的花朵,黑色的大海,以及一望无际的漫长生活,这些都不能使我悲伤。可是妈妈,我现在很冷。家里乱得像猪窝,我的嘴巴发出"萧萧"的叹息,像来自易水的风,染红了我的旌旗。

搬到这里,已经半年多了。

妈妈,你知道的,换座城市从头开始,这样的生活并不容易。但是妈妈,请别为我担心。我在你走之后第三年,和一个南方姑娘结了婚,她的名字叫陈细妹。细妹不高,有一点胖,她笑起来像波浪形的风,裹着水草的味道,清爽干净,是你喜欢的"庄户人家"模样。婚后第二年,你的孙子麦迪就出生了。他长得白白胖胖,大概算是最可爱的小孩。我在写字楼里拼命工作,细妹在出租屋里努力带娃。我们没有外援,一点都没有。因为我没有房子,细妹和我结婚登记,户口本是从家里偷出来的。自己带孩子,真的辛苦。妈妈,我这才知道你的辛苦。

时间在窗外飞过,有时骑着神气的白马,有时踩着肮脏的塑料袋。

麦迪一天天长大，眉目间，一些东西在变化。他依稀长出了父亲的隐忍、母亲的倔强，他越来越像我们。但是长大，意味着他上学的日子越来越近，但我们却无法在北京落户，无力在北京买房。这座城市再好，终究不属于我们。我们只是外乡人，蚂蚁般路过坚固的北京城。妈妈，其实我不如蚂蚁，不如水里的鱼，也不如扑腾着翅膀飞过天空的灰白鸽子。它们不为世俗所累，简单而快乐。无论世事轮转，王朝更迭，它们都只遵从内心的抉择，去留随意，迁徙自由。

最终我们选择来到了深圳。妈妈，半年多之前，我们放弃了北京的一切，我辞掉你认为体面的工作；告别了在北京相处长达十年的朋友，来到深圳这座陌生的城市。我们原想，这里有政策，大学毕业即可落户，只要落了户，即使暂时买不起房，上学总会容易一些。另外，我来深圳是受邀创业，作为公司高管，如果运气好一些，也许在麦迪上小学之前买得上房呢？是的，我们正是冲着这一点来的。

这次南迁，细妹比我更积极一些。这里，距她老家只有一省之遥。跟北京一年四季的干燥少雨比起来，岭南的树木葱茏、雨水绵绵，对她来说更为亲切。

但是妈妈，现在我感觉冷。我冷，不是因为天气，您知道的，深圳的夏天，热得像一场大汗淋漓的梦魇；我冷，也不是因为工作，创业的日子总是辛苦，通宵达旦，没日没夜，不能按时发工资，甚至大起大落，血本无归，那都是有可能的，在深圳，这样的现象不算什么；我冷，也不是因为细妹，不是因为麦迪，我们很好，虽然我们刚刚吵了架，虽然这兔崽子哭着说同意他妈换个老公。

我冷，是因为我自己啊，妈妈。

刚来这座城市的时候，是个明净的秋天。天空蓝得清澈，白云垂得很低，仿佛无数枚蒲公英散落天际，又被风聚在一起；绵柔的海风从西湾红树林的方向吹来，一浪一浪，忽东忽西，似沾满咸腥的手，在殷红的落日下，放肆地撩人头发。人间到处是高楼，灯红酒绿的巷陌之间，一切都异常鲜活。

工作的事很快落实下来，在工商部门做完股权变更，我们就租了一套两居室。

说是两居室，其实只有四十多平方米。客厅短短的，白墙上残留着上个租户留下的身高图表，造型是小鹿的卡通形状，麦迪很是喜欢。主卧有飘窗和大床，还有白色衣柜，一张斑驳的写字桌，桌上供着半旧不旧的佛陀：肉髻、垂耳、盘腿而坐，举着右手，双目半睁，像是在跟人打招呼。佛陀对面的墙上，挂着一台米色空调；次卧如一条竹筏，窄小得只能存放杂物。

虽然旧了点，小了点，好歹也算"家电齐全"。令我们欣慰的是，小区位于公司附近的繁华地段，自有配套幼儿园。小区内部，布置着小桥流水，假山喷泉，还有翠绿的杧果树，粗矮的像菠萝的棕榈树，金红色的荔枝，高大的椰子树，散发着清香的七里香白花，加上还算殷勤的24小时在小区巡逻的保安，综合对比，这家算是性价比最为合适的。小区环境的幽雅和便捷，一定程度上抵消了我们身处斗室的局促和不安。

政策确实不错，我们全家的户口都迁到了深圳。妈妈，你看，你的后代都成了深圳人；可是妈妈，做文明的深圳人，压力可真大啊。

麦迪在新学校适应以后，细妹也出去工作，找了一家贸易公司做文员，工作倒是轻松，但工资也就四千出头。我一月税前工资两万，扣掉保险和税，到手一万六。房租加水电天然气、物业费，一个月至少五千，麦迪每月上学，杂七杂八费用五千；我们一家三口，买米买菜买细妹喜欢的水果花卉麦迪喜欢的宠物零食，加起来又得五千。也就是说，我和细妹辛辛苦苦干一月，减去必要开支，就只能存五千，一年下来，也就能攒个五六万。这样算下来，奔波一年，我们创造的价值，除了养活我们自己，最多也就能买深圳的一平方米房产，以一个四十平方米的小房子为例，我们需要奋斗四十年。当然，这还得是在房子不涨价、货币不贬值、我们一家三口没有任何意外发生的前提下。问题是，谁能保证房子不涨价、货币不贬值、我们一家三口没有任何意外呢？

但是，开弓没有回头箭。现在农村户口，迁出来容易迁回去难。而且迁回去对我来讲意味着失败，那就更看不到未来。然而在深圳，麦迪想要接受更好一点的教育，单有户口还不行，还得有学区房。好些的学区房，哪怕比四十平米都小的房子，再贵我也得买上一套。所以，我别无他法，只能指着创业成功。

人世间的失败五花八门,成功却只有一种。为了唯一被认可的所谓成功,我透支了太多。一次又一次降低底线,一次又一次含泪妥协,最忙的时候,我恨不能把自己撕成两半,一半扔出去应酬,一半留在公司工作。应酬也成了工作。我指的是,应酬之后,我依然有许许多多不得不做的案头工作。

但我从来没有喜欢过这份工作,从来没有。

可是妈妈,为了生活,我别无选择。就像烈日下的民工,他们忙碌在高高的脚手架上;就像夜幕中的姑娘,她们流连在暧昧的酒吧门口;就像多年前一位年轻的矿工,他每天钻到几百米深的地底下,舔着干裂的嘴唇,蜷在黑暗里,匍匐在煤层间,摸索,开采,打磨。那都不是因为热爱,那只是为了生活,为了他挚爱的家人们啊,妈妈。

我曾为了一个大单,陪客户喝酒喝到吐血;我曾为了一个项目,给客户改了30天方案;我曾因为提案,一天没有吃饭。我曾连续工作45小时没有合眼。然而妈妈,这些都有什么用呢?如果努力就能得到,吃苦就能成功,当年的矿工,你那年轻的丈夫,我正当壮年的父亲,就不会扔下我们独自离开。

细妹又怀了孩子。妈妈,你高兴有第二个孙子吗?国家已经放开了三胎,可细妹本已经做了结扎手术但她还是意外怀孕了。惊喜吗?并不。这世界,有时就像个苦瓜味的玩笑,玩笑之后紧跟着诅咒。

那是一个飘着细雨的深夜，四壁无人，静得仿佛能听到空气流动的声音。我埋着头在电脑前苦思冥想，时不时在黑色键盘上敲打几下，如马蹄声一般的"达达"声，在暗夜的深谷间回荡。空调没有开，窗户没有开，后半夜，我的头上渗出了疲乏的细汗。我腾出手擦汗，手指触碰到头上的包，那包肿胀如山，像孕妇的腹部一样高高地隆起。几个月了，它难倒了所有医生，跑遍各大医院，没有医生能使它痊愈。有时候我很想拿一把刀，把它像一枚钉子一样夷为平地，可是妈妈，我做不到，我不能那样野蛮粗暴。我是文明人，文明的深圳人。我在深夜擦汗的时候，发现头上的"山丘"里，居然爬出来一条虫子，一条蠕动的虫子！

我敢确定，它绝对不是从什么花草树木之类的外界空降到我头上的。它清清楚楚是由里向外钻出来的，就像婴儿大哭着钻出母体一般。起初，它只是山丘浅表的一阵痒，在一阵试探性地摸索和蠕动之后，忽然之间，一股针扎般的刺痛，从我的头皮里迅疾升起。紧接着，我感觉到，一条毛手毛脚、细手细脚、多手多脚的虫子，在越来越浓的刺鼻的血腥味之中，扶摇直上，从我的脑袋里破头而出。它钻出山丘，扭动身子，伸了个懒腰，仿佛一名酒后初醒的醉汉，蹒跚着站稳脚跟。它在我茂密的黑发里蹿来蹿去，似乎那压根不是我的头发，而是它的花园。

停下工作，我岔开食指和拇指，趁其不备，一把将它捏到手里。在刺眼的白炽灯下，出现在我眼前的，竟然是一只蚂蚁；一只两粒头皮屑那么大的蚂蚁！

蚂蚁天线般的触角动个不停，一会儿伸展开，一会儿折回去，就像在做广播体操。它的脑袋上口器明显，六条长腿拱卫着细胸，挺着孕妇般的大肚子，全身都是和黑夜一般的颜色。我感到一阵恶心，第一反应是把它捏死。

但我没有把它捏死，因为我看到了它孕妇般的肚子。我把它扔了。我就那么从椅子上站起来，把它像颗篮球形状的梦一般高高举起，用力一扔，它就落到了一米开外的垃圾桶里。

第二天回家，我把这个篮球形状的梦讲给细妹听。

细妹辅导完麦迪功课，收拾着碗筷，正为肚子里的"不速之客"发愁。我的想法是把他打掉。我喜欢孩子，但我不想让我们本就晦暗不明的生活再横生枝节；然而细妹不同意，细妹说，佛像在侧，我就说这样的话，简直大逆不道，罪过罪过，需要念一百句"阿弥陀佛"方能抵消。但我看佛像盘腿端坐，双目半合，不悲不喜，依然像平常一样举着右手，没有半点儿要加罪于我的意思。

细妹说，我的梦话神神叨叨的，听得令人恐惧。我倒不恐惧，但是从那以后，我总是失眠，食欲减退，有时无缘无故就感到痛不欲生，总觉得脑子里不太对劲。

过了几天，一个春意盎然的清晨，细妹忙，我顺路送麦迪上学。麦迪哭哭啼啼不愿上学，我好说歹说，连蒙带骗，一点儿用都没有，这才佩服起细妹来。我没细妹的耐心和温柔,眼看上班要迟到,我却和儿子胶着在路边的香樟树下,一时着急,扳转麦迪的屁股,不由分说就打了两下。

打孩子我是第一次,力度没拿捏好。这个身高刚刚超过一米的男子汉,在我的"魔掌"下哇哇大哭。他委屈地撅着小嘴,像个弃儿般站在路边。太阳的光辉盛不下他的泪水,他的影子投在地上,又小又单薄,显得格外孤独和无助。络绎不绝的行人从我们身边掠过,一个男性家长冲着我会心地眨了眨眼,旋即又匆匆远去。头顶茂密的树冠上,小鸟叽叽喳喳叫得正欢,我看见麦迪苍白的小脸,眉头紧锁,悲伤像快镜头的爬山虎一样攻占了它,我的心揪了一下。

头顶再次奇痒无比,接着就是刺痛……我大惊失色,顾不上麦迪,用刚打过他的手在头发里一阵乱摸,终于捏到一只蚂蚁。这蚂蚁仿佛不是上次那只,因为颜色不同。上次那只通体乌黑,是夜的颜色;而这一只发蓝发绿,是早晨的颜色。

然而,这不是上次那只吗?两粒头皮屑大小,天线般的触角动来动去,六条长腿拱卫着细胸,挺着孕妇般的大肚子,蹬着腿,蹬着脚,在我手里,就像婴童似的不安分地扭动。我被它扭得意乱神迷,心里像吞了一只蟑螂一样恐惧。恍惚间,我想起我以前学过的生物课本,课本里说:蚂蚁都是群居动物。

我就掐着蚂蚁,把它递到麦迪面前。麦迪还是哭,对我视而不见。我说:麦迪,别哭了,你看,爸爸给你抓了什么?

他抹了抹眼睛,看着我,不说话。我说:你看,一只蚂蚁哦!来,送给你,这次爸爸不管你,你想怎么玩就怎么玩,都没问题……麦迪止住哭,一只手还护着屁股,另一只手摸了摸我的手,吹了吹,又拿开,左看看,右看看,忽然指着我的手说:爸爸,你是在逗我吗?哪里有什么蚂蚁?我只看见你的手,更红更大了!

我鼻子一酸,说:这不是大……是肿。他又怯生生地说:爸爸,那你,疼不疼?我不敢看他,一把抱起他小小的身子,飞快地向幼儿园奔去。

送完麦迪,一路小跑到公司,办公室里白天也开灯,我把捏了一路的那个东西,放在掌心,小心翼翼地展览给其他人看,同事却都笑我,说我手里什么都没有。

一个和我较熟的男同事,开玩笑说:麦总你肯定又没休息好,现在还在梦里吧?另一个女同事,是做设计的,长得要比陈细妹好看,她十分殷勤地给我冲了杯奶茶,凑我耳边说:麦总,您最近压力大,晚上回去就别太加班了嘛!"加班"两个字,她咬得特别重,我欲说还休,只有无奈的苦笑。

是醒还是梦?是真相还是幻觉?可是,我看得见。这只蚂蚁我看得见。它在我头上、在我掌心、在我眼里,留下的痒和痛,留下的昆虫特有的气味,留下的触角接触肌肤的悸动,以及细脚爬过掌心的酥麻,那都是千真万确的啊。

我把它扔在我办公室的地上,趁它还没走几步,踏上去,狠狠踩了一会儿。

妈妈，我踩死了它。这不是因为勇敢，而是因为恐惧。

生物课本上说，蚂蚁都是群居动物，要是一窝蚂蚁在我体内驻扎，那我还有活路吗？我只能先下手为强。

到了周六，五点以后太阳不太灼人。我便答应麦迪，暂时放下工作，陪他们娘俩去了中山公园。中山公园卧着一大片绿汪汪的湖，水上荷叶蒲扇般大，一朵朵睡莲，红瓣黄蕊，开得正好。微风吹皱湖面，水鸟箭一般射过，金鱼、鸭子都比赛逃命，张皇失措，比箭还快地四散而去。

这是个不大的公园，进门有座雕塑：红色的大扇子，上面写着三个金色大字。游人并不多，三五成群，带着玩具，基本都是周末带孩子放风筝的。麦迪没有风筝，在绿地上投掷玩具飞机玩，我和细妹坐在草坡上，有一搭没一搭地说着话，视线一刻不敢离开孩子。草坡上的音响里，正在播放一首英文歌，仔细一听，原来是《波西米亚狂想曲》。

这时风大起来，蓝色的泡沫飞机，飞到天上，却被树梢拽住了脚。那是一棵体态丰盈的荔枝树，荔枝正红，飞机卡在树叶间，怎么摇都下不来。麦迪跑来，一脸歉意地向我们求助。细妹看了看两米开外，让麦迪自己想办法。麦迪顺着细妹的目光望去，目光定格在一个老太太手里的拐杖上。那是一个戴着墨镜的老太太，正在草坪上席地而坐晒太阳。麦迪眼睛转了转，跑到我身旁，亲昵地抓我手臂，央我帮他。我知道细妹想锻炼他，就拒绝了。麦迪只好自己硬着头皮走过去。

就在这个时候,我接到了房东打来的电话。

忽然之间,像被谁打开了开关,我的头皮一阵发痒,蠕动,刺痛,毛手毛脚……

"群居""蚁穴""驻扎"……这些字眼又在我眼前乱飞,世界天昏地暗,日月开始旋转,我一个踉跄,差点滑倒在地。麦迪回来说:爸爸,你没事吧?

我说我没事,急忙稳住脚步,帮麦迪捡起飞机,麦迪举着拐杖,向老奶奶奔去。我把刚与拐杖分离的手插进浓发,那小东西跑得飞快,偶尔驻足,一条腿还在我头上打着节拍,像人在晃腿。我张开拇指和食指,左右包抄,穷追不舍,直到麦迪把拐杖还到了老奶奶手里,我这才满头大汗地抓住了它。

我把它捏在手里,心里恨得要死。我拿给细妹看,细妹仰脖喝完最后一口矿泉水,拎个空瓶子瞪着我说:哪里?那里有什么?

天旋地转,我的崩溃一触即发。妈妈,我的崩溃一触即发。我的崩溃,我的崩……崩……崩溃……一触即发!

蚊子渐多,夕阳西下。我翻转手,看见这只扭动着身体、很不服气的蚂蚁,闪动着黄昏般的光泽。我把细妹手中的空瓶子夺来,又还给她,让她帮我把盖儿拧开。之后,我把这只黄色的蚂蚁迅速地关进了瓶子。

打车赶到医院,皮肤科已下班。我挂了急诊。急诊大夫是位满脸青春痘的年轻人,他听完我的离奇遭遇,表情严肃,用戴着手套的右手，按了按我头顶上的大包。又拧开矿泉水瓶，像看演出一样伸了伸脖子，旋即把盖子拧紧。

我说：大夫，咋样？大夫一脸凝重，操着广东口音的普通话说：先生，根据我的经验，您这病已经蛮严重了。我像看到了救星，迫不及待地问：什么病？他顿了顿，像在选妃子一样选词汇，犹豫片刻说：这样，您下次来的时候呢，记得要带上家属！我一冷，说：啊，这就要交代后事了吗？他也擦了把汗，说：不是，到时你别找我——去精神科，挂胡主任的号！

妈妈，我很绝望。我又想起了爸爸离开我们的那个夜晚，那个时候，同样疼痛的绝望，也曾像海水一样把我淹没。

我把瓶子带回了家，不顾细妹的反对。

晚上，他们在主卧看鱼，吃水果、吃零食，我从厨房冰箱拿出冻硬的瓶子。然而我一拧开，黄颜色的蚂蚁嗖地爬了出来。它掉头向下爬，沿着瓶身外表面爬行，看上去又冷又硬，似已逡巡许久，早就在瓶颈处等待我的接驾。我张开拇指和食指，抓了一次，没抓到。它的身体就像冰溜子一样滑，我又一抓，它就滑到了地上。我蹲下来，两手合围，像捧沙子一样把它从地上捧起。它在我手中，身上彻骨冰冷，凝结成汽，比绝望更深的寒意，像一道闪电一般，从我的双手传遍全身。我浑身颤抖，如遭电击。

妈妈，我很冷。

白色的风，岭南的烟雨，七里香的花朵，黑色的大海，以及一望无际的漫长生活，这些都不能使我悲伤。可是妈妈，我现在很冷。

我被困住了，我不知道这是怎么了。我把蚂蚁打入冷宫，五个小时，它仍没死。它只在我眼里，别人都看不见。放在镜子前，镜子里一无所有。我给它拍照，手机里一片空白。

我拿火烧，拿烟烫，怎么都不能使这只冰冷坚硬的蚂蚁停止呼吸。我忍无可忍，我气急败坏，我把它丢进了马桶，然后摁下冲水按钮……

惊魂甫定，我瘫坐在客厅的袖珍沙发上，手脚冰冷。在发给房东的微信里，我委婉表达了公司再过五天发工资，希望房租可以再宽限几天的美好愿望。房东没有回复，也许他已经进入了甜美的梦乡。梦里一定有海，有阳光，有沙滩，有不需要交房租的住宅，以及人人能上的学校……

我抬起左腕，看了看手表，时针刚刚指向十点。我打开房门走进主卧，屋里有一股枨果混合卤鸡爪的味道。细妹头朝里，穿着裙子趴在床上，手捧着手机，正在追剧。麦迪和她头挨着头，短袖短裤都还没脱，几乎和她一模一样的姿势，正用平板看动画片。这时我没那么冷了，不抖了，但特别累，就像刚刚爬完了二十层的楼梯。

我坐在床沿上。麦迪的一双小脚丫对着我，悠闲地一晃一晃。我发现床上新换了床单，散发着洗衣液和充满阳光味道的床单，恰是蚂蚁图案，而颜色，跟黄昏一模一样……嗡地一声，我的脑袋涌进了千军万马。

睡吧，我累了，我跟细妹说。

细妹翻身坐起，放下手机，眼带笑意地凑过来说：终于忙完了？咱们商量商量，你说这个怎么办嘛？她摸了摸肚子。我叹了口气说：反正你又不听我的。她笑了，笑容像波浪形的风，裹着水草的味道，清爽干净地说：这么说，你同意了？我说：今天不想聊这个话题，我真的累了，我想睡觉。细妹说：推推推，往什么时候推？推到肚子大了，你想后悔都来不及！我不理她，拍了拍麦迪的小脚丫，我说：关上平板，睡觉了。麦迪不听，卧室里依旧充斥着"汪汪队，汪汪队，我们马上就到……"我独自挣扎在崩溃的河岸边，冷风拍打着我的脸。

我强打起精神跟麦迪说：我再说一次，关上平板，赶紧睡，明天还要上学呢！麦迪却对我反唇相讥：爸爸，你傻了呀，明天是星期日，不用去上学！我想起来，他说的对，只好摆出独裁者的威严命令他：不上学也赶紧睡，早睡早起身体好！

这时细妹推了我一下，意在催我回答。我也不知道为什么，她就那么一推，力气也不是很大，我就啪地摔到了地上。麦迪看着动画片，眼都不眨，但却高兴得拍手大笑，一边笑还一边换着声调唱：爸爸摔了个屁股蹲儿！爸爸摔了个屁股蹲儿！爸爸摔了个屁股蹲儿……

我的愤怒"长成"野马，野马脱缰，策反双手，麦迪的平板电脑被高高举起，重重摔下，啪地一声，四分五裂。麦迪愣了一下,小脚丫不再晃动,他坐起来,纯真的脸上长出"玻璃",四条晶莹剔透的"玻璃",在他脸上顺流而下。在我脑海中,猫头鹰的笑声,此起彼伏,在房间里酿成陈醋。

就在今晚,妈妈,就在今晚,我在深圳租来的房里,和细妹吵了架,而麦迪,你那四岁的孙子,站在他妈妈那边。家里乱得像蚁穴,而我像个事不关己的看客,眼睁睁看着他们打包起行李,手牵着手,路过小鹿形状的身高图表,夺门而去。我绝望地坐着,家里战火纷飞,我像被马桶带走的蚂蚁一样无能为力。

我累了,妈妈,我真的累了。

天气很热,但是我真的很冷。屋里的灯,灭了;月光斜斜照进来,像群蚁一样游走。而我的脑袋里,又有一只蚂蚁蠢蠢欲动。这一望无际的无穷无尽的潮水般的永不止息的可恶的蚂蚁啊,到底什么时候才能从我的脑海里彻底滚蛋?

蚂蚁正在蠕动。

它来得这样迅疾,这样坚定,我已经隐约听到了它的咆哮声。

这是一只和以前不一样的蚂蚁。

我的脑海里,一时间涌上了无数混乱的场景和词语:月光那么白那么凉,濒死的写字桌驮着犯困的佛陀,佛旁众生环绕。来不及休憩的柚果皮和截肢的鸡骨头窃窃私语,金鱼们泡在眼泪里但却还在哭,哭声尖厉而刺耳,仿佛凌晨三点碾碎旧梦的车辆警报声。佛对面吊在墙上的空调不怀好意咋咋呼呼地吹着冷气，我的牙齿咯咯作响，浑身上下散发着死一样的冰凉。

不能再这样下去了！

家里乱得像蚁穴，我的嘴巴发出萧萧的叹息，像来自易水的风，染红了我的旌旗。妈妈，请别为我哭泣，今夜，我已做好了打算。

我要在它摧毁我之前先摧毁它。我要把盘踞在我头顶的蚁穴一举消灭。我要学着做一个暴君。我要用我儿子的小刀，把这钉子户般可恶的蚁穴夷为平地。

我像个幽灵一般，站在白色衣柜门上的镜子前，颤抖着把手放到头上。月光鱼贯而入，凉凉地在屋中横冲直撞，四散飘逸，如看客一般注视着屋里的一切。我用小刀拨开头发，鼓鼓的红红的蚁穴露了出来，蚁穴上已经没有头发，像一座寸草不生的沙丘。小刀如临大敌，一步步逼近，前后左右，找着角度。

近了。近了。更近了。

再有一步。再有一步，我就可以做到。

成功唾手可得，我的内心充满了悲壮的欢喜。然而，忽然之间，我看见镜子里，我的头上高高鼓起的包，尚未等我动手，便已擅自裂开。像一件被人撕开的粉色袍子，从我脑袋四周，渐次褪下。

嘭的一声，袍子落地。

我警醒地抬起头来，手持小刀。然而并没有蚂蚁。我很失望,不知道发生了什么。

我感到体内出现粉身碎骨的疼痛,小刀把持不住,轰然坠地,发出声响。

与此同时,在衣柜的镜子里,一只巨型蚂蚁出现,和我一般大小,呆立床前;而我的躯体,茫茫然不知所踪。

这只巨型蚂蚁,长着尖利的口器,但是眼神空洞,下边的两只脚,像人一样站在地上,最上边的双手高高举起,仿佛做着投降的姿势;而中间的两只手,它用来抱着肚子。它抱着肚子的样子,让我想起我的细妹,她正怀着我的骨肉,却带着我的另一个骨肉,痛哭流涕,在炎热的深圳夏夜离家出走。

镜子里,这只蚂蚁有着彩虹般的颜色,浑身晶莹剔透,酷似一大串蚂蚁形状的彩灯,若在夜空闪烁,一定无比绚烂。

看着地上日光灯下冰凉刺眼的小刀,我因这突然发生的意外而目瞪口呆,犹豫了好几秒,才想起今夜的目标是和蚂蚁死战。

我心里念了一百句"阿弥陀佛",强行收敛心神,打算重拾利器,摆脱幻象,将刀子像死神一样准确地刺入蚂蚁的胸膛。

然而我找不到自己的双手。更准确地说,我找不到我自己。

月色如洗,轻泄在整个卧室,我只看到镜子里,一只彩虹色的巨大蚂蚁,腆着肚子,噔噔噔地退到飘窗边上,穿过玻璃，挥动翅膀，像只大鸟一般飞上了天。它的全身都散发着光，像一道绚烂的彩虹，连惨淡的夜空，都被它染成了五颜六色。

蚂蚁越飞越高，越飞越高，直到消失不见时，夜空中忽然落英缤纷，梵音袅袅，慈悲之像如礼花绽放，一个巨大的佛的背影横亘天际，此刻我听到了熟悉的敲门声。

林中火焰

一

那天,她说她好久都没有做梦了。我说嗯。她说:你有过这种感觉吗?我把视线从电脑屏幕上移开,扭头看了她一眼,起身打开窗户,风灌进来,挟着一股淡淡的不知名的花香。我点了一支烟,抽了一口说:你是不是睡得太好了?

她的眉头皱得像一团火,噼里啪啦地说:又抽烟,我以前可不这样!

我知道,她没有撒谎。十几年前,我们读高中时就相识了。后来我们一起考到了北京,她常说:做梦都在吃过油肉,可香了。上学时没钱,工作以后,我们经常坐地铁,到山西饭馆一解乡愁。有时也会自己下厨,做一点猫耳朵、小揪片之类的老家面食。但北京美食兼容并包:田老师红烧肉、海底捞火锅、嘉和一品等,唇齿舌间周旋久了,也都习惯了。

我们结婚以后,当儿子四个月大的时候,我的工作调到了福州。福州和台湾只隔着一条海峡,气候、饮食和北方相差很大。她想吃醋,我去买,偌大的永辉超市,居然没有山西陈醋。我好奇地问服务员，服务员说：我们福建人平时不吃醋的，要吃也只吃白醋、香醋，陈醋是不吃的，太酸了啦。我们却觉得吃醋当然是吃老陈醋，其他的醋那能叫醋吗？太淡了，吃和不吃一个样！于是，以后再需要小米、白面、陈醋时，我便从网上买，或让家里人寄。那时很少去饭店吃，儿子太小，也不方便。不过也是那个时候，她喜欢上了南方水果，如杧果、荔枝、龙眼、橄榄等等，都是她的最爱。

又在福州待了一年多，儿子快两岁时，我的大学好友老萧拉到一笔投资，盛邀我赴深圳"共谋大业"。去深圳第一天，正值10月，大家都穿短袖。在饭店吃饭，服务员先上了一壶热茶。这茶却不是用来喝的，而是用来烫碗消毒，烫完服务员再拿空碗盛走烫碗水倒掉。开吃了，老萧大笑，说：一看你们就是北方人！她说：何以见得。老萧说：嫂子你看，我们都是拿小碗吃菜，而你们是拿盘子，这个白色的盘子其实叫骨碟，是放到碗下，用来盛放吃剩的鱼刺、虾皮、骨头的……老萧的弟弟见有些尴尬，忙转移话题问：北方人，老家哪里？我说山西。他说：哦，山西啊，许多年前去过太原，感觉环境不是很好哦，是不是煤矿比较多……我说那是以前，现在变化很大了。点到主食，才发现没有面，我们说那就吃大米好了，服务员一脸困惑，听过老萧解释，她才明白过来说：哦，米饭啊，米饭免费，管够吃！

我们在深圳待了三年，开始并不顺利。

和福州比，深圳更偏南边一些。不过深圳市区比福州市区离海更近，夏天虽热，海风时常光顾，雨水也多，加上空调"里应外合"，也就还过得去。深圳的水却不一样，可能更清，在酸碱值上也就更偏酸性，总之，用这种水熬出来的小米粥，下面是米，上面是水，水米像分居的夫妻一般，粥没个粥样，一点儿不黏稠。而她是喝小米粥长大的，每天如果不喝一顿小米粥，晚上睡觉都会梦到自己上了火，满嘴起泡那种。

最不能忍受的还是蟑螂。山西人生活在黄土高原，小时候哪里见过这东西？到了北京，虽然也有蟑螂，但是买一种杀蟑螂药，杀一杀，就太平了。福州也是，顶多买两种药，杀两杀，也就太平了。然而在深圳的第一个家，买了四种杀蟑螂药打组合拳，蟑螂仍是"野火烧不尽、春风吹又生"。每天晚上一关灯，它们就鬼鬼祟祟地爬出来大搞"军事演习"，横冲直撞，耀武扬威，趾高气昂的样子十分过分，以至于清晨儿子醒来后第一句话总是喊：妈妈，快看，有蟑螂！妈妈睡眼蒙眬地问在哪？儿子小手一指，说：房顶上！她正要摸眼镜看，有只笨手笨脚的蟑螂却像一颗炮弹一样从天花板上掉下来，径直砸到她身上，她大惊，用手一扫，顿时睡意全无。

自儿子出生以后，我和她就分析利弊、达成默契：我主外，她主内，赚钱的事我来，生活的事她来。但过日子也如治国理政，什么里边外边，哪能分那么清，都是互为表里、相互扶持的。直到我们在网上打的广告有了成效，客户多起来，收入稳定之后，我们才又搬家，换到了一个新的花园小区。这小区离海近，环境好，院内小桥流水，绿树成荫，七里香的味道香飘十里，保安见了小孩都敬礼。

我们在附近还找到了两家山西菜馆，一个九毛九，另一个杏花堂，从此，再也不用为喝不上小米粥发愁了。再后来，继南方水果后，她又喜欢上了南方海鲜：鱼、虾、螃蟹、生蚝、扇贝、花蛤、小龙虾甚至三文鱼生鱼片，都评价：好好味（粤语）！我也喜欢上了广东特色早餐肠粉，还爱吃一种不知道怎么做的炒米粉，极鲜美。

到了周末，我带她和儿子去海边玩，意外发现一处所在。

这处所在有一个足球场那么大，一半长在海里，另一半紧连陆地。海浪柔声细语，拍打着堤岸，紧连陆地的那一半，椰子树、棕榈树、大叶榕树们恣意洒脱，长得很生动；海里的一半沙滩很软，白白的，像铺了一层糖。第一次赶海，我们就捡到了贝壳、海星，还有拇指大小的螃蟹，三三两两乱爬，儿子喜欢，我们便拿矿泉水瓶给他捉了好些。海鸥也多，三五成群，大片飞来，"欧欧"地叫着，不怕人，但也不近人，只在夕阳下刨食于沙里，云霞灿烂，鸟追鸟赶，场面蔚为壮观。

但这处尤如"半岛"般的所在却没有名字。可能因为小，也可能因为位置太偏，没有开发。儿子就突发奇想，说要给"半岛"取个名字。开始说了几个，都不太好；后来从我们一家三口姓名里各取一个字，就叫作"海格兰半岛"。

海格兰半岛是我们的私家乐园,除了有台风时,几乎每周都去。那片海域上,偶有帆船经过,她很新奇,和儿子说想坐一坐帆船,但帆船从未靠岸。儿子还和一只头上有"胎记"的小海鸥交了朋友,给它取名小小格。每次去,他朝着大海喊一声:小小格……小小格就像真的听到了他的呼喊一样,呼啦啦地飞到海岸边,他就把给它带的薯条拿出来……就是在这样的海风吹拂中,在小小格的陪伴下,儿子一天天长大,不觉已到五岁。幼儿园上了两年,要考虑上小学的事了。

多方打听才发现,在深圳上小学,好像不太划算。户口倒不难,有本科文凭,落户容易;关键是买房,我们当时攒了一笔钱,但在深圳只能买个五十来平方米的小蜗居。我就问我在太原做记者的朋友李大头,李大头一说房价,我发现同样的钱,在太原买套一百五十平方米的学区房都绰绰有余了!正好公司业务发展飞快,要在北京开设分部,而高铁贯通后,太原到北京只需两个多小时。这,简直就是天意……

我刚扔掉烟蒂,窗外飘来一阵唢呐声,吹的是20世纪90年代流行的《大花轿》,很喜庆,不知谁家又娶新娘子。我只觉得吵,站起来关窗时,她去而复返,给我端来一碟海苔花生和一杯咖啡,放桌上说:别抽了,吃这个。

不由自主地,我打了个哈欠。我说:嗯,你怎么知道我想喝咖啡了?她笑,说:我还不知道你啊。她往外走,忽然又回头说道:最近头发也掉得厉害,每天一大把。

我正盯着微信公众号后台编稿子,都没碰咖啡,随口说:哦,不行就去医院看看吧。

二

她什么都好,就是不爱看医生。

每次生了病,让她去医院,她都不愿去。她说:现在的医院,管你有病没病,去了医生先让机器检查一遍,全身查下来,有病开药,没病走人,简直不像医生在看病,而是机器在看病了……其实,一般的病根本没必要兴师动众,人体有自愈能力,过一段时间自己就好了。我说:也不是你说得那么绝对,如果都像你这样,那医院早就倒闭了,为什么大家还是会往医院跑呢?谁也不是傻子!

这一次,她自然也不愿去。她说:不做梦就不做梦呗,掉头发就掉头发呗。我笑说:小心把你掉成个秃子!她说:哼,秃子就秃子,我又不找对象!

我们回太原已经两年了。刚回太原时,朋友设宴接风,她习惯性地跟服务员要茶水烫碗,答曰:没有。后来上了一壶热水,她烫碗筷,朋友的媳妇笑她,说:大城市回来的就是讲究。儿子要吃米,她说:来碗米饭,服务员也笑,说:应该是大米吧。

后来出去办事,在银行,看到长得非常漂亮的一个女柜员,竟然非常粗鲁地训斥一个保洁阿姨:你看这,你看这,弄得一团乱,屁事也干不成……中间还夹杂了大量太原方言版的骂人话。

我们又去房地产管理局办理房产过户，中介小哥迟到了十几分钟，我老婆教育他要守时，小哥居然说：姐，至于嘛，才这么一会儿，也不算迟到吧。老婆不由得感叹起太原和深圳的不同来。

在深圳，哪怕晚上十二点去打印东西，都有很多选择，更别说夜宵，半夜出去，都能吃到可口的生蚝、秋刀鱼、烤串、小龙虾；而在太原，夜宵不用提，小区门口一排商铺，平时都说生意不好做，可一到晚上七点，就全都打烊了，等到了节假日，更是通通关门大吉，且店门上连个电话都没有。

在深圳，因为山重路远，亲戚都很少见面，这样举目无亲，看似孤苦，实则正合她意。她这个人，性格恬淡，喜爱清静，亲戚之间，她不爱走动，也不爱别人走动，只想一家三口平平静静地过生活；然而回太原以后，难免有时会有亲戚来省城办事，来了就要住家里，她不喜欢，却也不便表现在脸上。

在深圳时，她梦见掉了一颗牙，第二天，家里来电话说外公走了，她说太远了，就不回去了。回太原后，她梦见满口牙都掉光了，提心吊胆了好几天，最终还是收到了外婆去世的消息。这次很近，但她依然没回去，她说她一个人在太原，得接送孩子。但是我知道，我在北京太原两地跑不假，但那一天我刚好不在北京，我那天回了太原。

一开始，北京分公司的确是我常驻的。分公司刚成立，同事要磨合,客户要拜访,业务也要捋顺,需要有领导坐镇。那段时间里,我每月只回一两次家,平时接送孩子、辅导作业、买菜买面、做饭洗碗、倒垃圾、带孩子看病……里里外外都是她一个人劳神费心。我知道,她非常辛苦。但我不知道的是,每天送孩子上学以后、接放学之前,那些空旷漫长的时光里,她一个人是怎么过的。这些事情,我之前没有想过。

后来,北京分公司逐渐走上正轨,我不需要时时刻刻都盯着了,回太原的次数就逐渐多起来。但不久后,新冠疫情就爆发了,海啸般席卷全球,世界秩序被打乱,甚至我们的生活,也因为这一场始料未及的疫情,发生了意想不到的改变。

受疫情影响,找我们做线下活动的客户锐减,甚至连一些订金都付了,早就准备开发布会或高峰论坛的客户也说要取消,纷纷要求退钱。老萧和我一合计,估计这疫情来势汹汹,一时半会儿完不了,拖下去只会更糟,于是就把钱都退了,公司解散。这一来,我不再需要两地奔波,彻底回到太原家中,阖家团圆。

太原不算很大,也不是重要核心枢纽城市,流动人口数量适中,疫情防控也很到位。我守在家里,乐享安闲。但是许多年来一直都很忙,忽然一日闲下来,竟然感觉浑身不自在。一日,我和远在深圳的老萧通了一个小时电话,我俩的感觉都一样,聊到最后,老萧说反正隔离在家也出不去,不如把之前公司闲置的两个微信公众号写一写,多写写疫情、民生，也算为"抗疫"出点力。

不料无心插柳柳成荫，竟然很快积累了不少粉丝，阅读量屡创新高，以前因疫情原因解约的客户又找上门来，纷纷要求付费发软文或带货。老萧大度，说老客户一律八折，老客户很感动，又介绍新客户，如此循环，收入可观，竟比之前做线下时还要强一些。

不过付出也很多，老萧和我各做一个号，都忙到了废寝忘食，昼夜不分，工作和生活没了边界的地步。公众号是自媒体，自媒体也是媒体，要追热点，要稳定输出，要找选题，要撰稿，要配图，要排版，要发布，还要和读者及客户沟通互动……这所有的工作都由一个人来做，而且是每天都做，工作强度可想而知。做自媒体一年，我全年无休，每天工作超过十二小时，有时甚至达到十六小时。

生活纷繁复杂，从季节变化雨雪交替，冬吃羊肉夏吃瓜，到柴米油盐酱醋茶，都是很具体的。花开花谢，四季的轮回中，我一直都在匆匆赶路，忙到无暇他顾，幸好有她。

然而她却病了。最开始，她说她好久不做梦时，我没有重视。到后来，她说她掉头发时，我还没有重视。终于有一天，送完孩子，她忽然一反常态地和我说：要不，我们还是去医院看看吧，我已经头疼了一个月了！

三

她主动提出看医生，令我感到很新鲜，但心里却像悬了一把利剑。

我马上上网找医院、挂号,省人民医院的专家号却已没有了,我等不及,便挂了个山西医科大学第二医院神经内科的主任医师号。

打车来到医院,虽是工作日,人却不少,因为疫情防控,保安先后检验了行程码、健康码并测了体温,才让进门诊,上四楼。上四楼又排了好一会儿队,才轮到她。主任是个穿白大褂的老太太,简单询问了几句像多会儿开始疼的、咋疼的、其他地方疼吗、有没有家族遗传病等等,就开了单子,让先去做脑电图,以及头颅脑磁共振平扫和增强扫描检查。

我们惊喜地发现,山西医科大学第二医院和深圳的医院一样,也已实现了扫码支付,交费不用排队,只排队检查即可。饶是如此,等两项检查都做完,中午去接孩子放学时仍然差点迟到。下午四点,结果出来,两项检测都是"未见明显异常"。于是又挂号,给老太太瞧片子,老太太看了两眼说:没啥事,应该就是功能性头疼,过段时间可能自己会好,好不了再来看。你们考虑一下要不要吃药?需要就开一点,不开也行。我说开点吧开点吧。老太太就给开了些中成药和止痛药。我问:按说明吃吗?老太太回了我俩字:能行。

回去吃了一周,我问她有效果没。她说:怎么说呢,有时不那么疼,感觉好像有点用。但有时又疼,就又感觉没用。到底有用没用呢?我也分不清了!

之后她来例假,看那中成药有活血化瘀的功效,没敢继续吃，于是停药一周。一周之后，头疼依旧，便对那些药没了信心，不愿再吃。我说再去看看，她不听，还说你看，我说的没错吧？我也有些沮丧，但还是说：也许上次没去对医院，咱们可以换一家嘛！

她依然皱着眉说：我不去，我的病我知道，过几天自己就好了。我说：过几天是几天？她说：最多七天吧。我说：好，如果好不了呢？她说：好不了我就再跟你去。我摇了摇头，很无奈地说：那就再等七天，你说你，带你去医院好像给我赚钱似的！

接下来，我又陷入了无休无止忙碌中，昏天暗地，不知今夕是何夕。

在此期间，老萧来了趟太原。我去机场接他，从机场到我家的路上，居然一个红灯都没遇上，全程畅通，到我家后发现，这里夏天气温也不高，屋里也不热，甚至空调都不用开，惊得他赞叹不已。

带他喝羊汤，他说蛮好蛮好；请他喝汾酒，他说蛮好蛮好；带他去爬蒙山，他很震撼，看大佛庄严，杂花生树，溪水奔流，小湖边鱼食陈列，无人守候，只放一个二维码，上面一句提示：扫码支付，一包两元。我们站那儿观察了好一会儿，大人小孩竟无一人白拿，全都主动扫码支付。老萧便不禁感叹起太原人的文明来，还说：咱们来时，在出租车上你有没有看到？公交车和私家车都主动礼让行人呢！

老萧回深圳后，等我想起来问她时，早已过了七天。她有些不好意思：还是疼，不过好像没之前那么疼了。我说：什么叫好像？你确定吗？她说：也不是那么确定。我说：那还说啥，走，去省人民医院。

　　这次挂了省人民医院的头痛门诊科，大夫是个专家，人却很年轻，女性，戴眼镜，语速很快。专家简单询问几句，便说应该拍个片子。我有备而来，立马拿出之前拍的。专家一看，说没啥问题啊，可能会自行缓解，现在疼痛能不能忍受，不能的话可以用物理疗法，五天一个疗程……她说也没那么疼，不需要。我说来都来了，大夫。要不，给开个药吃吃？专家便给开了个艾瑞昔布片。

　　回家又吃了些时候，仍旧没有明显作用。除了头疼，掉发，竟又加了一项耳鸣症状。

　　我趁机游说她再去医院，她却无论如何不愿再去。最后磨来磨去，她只同意去看耳朵。又换了一家医院，医生比上次神经内科的老太太还要老一些，戴一副老花镜，见面问怎么难活（山西方言）了？听完症状她就笑了，说：没错，这只有我家医院能治的病！便架设备，打手电，让她把头放设备上，只对着两只耳朵左顾右盼。看完发现没问题，老太太又问：鼻子咋样，有没有不舒服？她说没有。老太太说：哦，那有没有流浓鼻涕？她说：没有，感冒时流清鼻涕，平时不流。老太太说：这样啊，我怀疑是鼻窦炎，去做个CT检查吧，鼻旁窦平扫，加矢冠状面图像重建，看鼻子有没有问题，没有我再给你耳朵开药。她惊呼：不是吧？我姐就是鼻窦炎，我知道，但我跟她症状不一样的！老太太却说：不不不，那不是你说不是就不是，要机器查出来不是才不是。去吧，CT结果出来了再来找我。她不想做。我说：没事啊，反正又不疼，做吧，来都来了。

第二天结果出来，又是一个"未见明显异常"。她很懊恼，说：这都什么事儿呀，花了一千多块了，啥都没查出来！我安慰她说：没查出来是好事，最起码，说明你查过的那些器官都没问题。又带着结果去找老太太，老太太却没有出诊，导医说是临时接到了会议通知，开会去了。我们都沉默了，谁都没有说话，无声地等电梯，又无声地上电梯。

下电梯时，我撞到了一个人，忙说：对不起。那人一抬头，却说：啊兄弟，是你啊！我一看，竟是李大头。李大头摸了把头上的汗，说：你们这是……盯着我手里两个扁扁的白色塑料袋看。我说：唉，看头疼，片子拍了个遍，也没出什么。李大头在手机上点了点，递过来说：兄弟，我要去开会了，有个采访，你记一下这个电话，去三层特需门诊，找李主任。我说：这是谁，你熟吗？他说：开玩笑，惯（山西方言，指熟悉）得很，那是我哥啊。我大喜：那太感谢李哥了。李大头摆了摆手说：电梯来了，赶紧走。

四

从黄山回来，她的头疼缓解了些，耳鸣也似有减弱，但仍不见大好。返程的飞机上，她插着耳机听了一些节目，说起自己小时候的梦想,是当一名播音员。

我说:不错啊,现在音频市场越来越火,智能手机普及了,大家忙碌之余解放眼睛,用耳朵获取信息,这事挺有意义,你要想干,咱给你报个班学学!她却说:再说吧,等我头疼好了再说。

我想起那天在医院李主任说过的话,便又带她去看海。南方的海早看过了,就去秦皇岛。老萧得知后说:我也去,上次太原聊过后我有些新想法,一起聊聊。

我们在北戴河阿那亚安澜酒店住了一晚,酒店价格不菲,但环境清幽,一夜缠绵,四点多又起床,坐酒店专车到私家海滩看日出。沿途路过孤独图书馆,图书馆外形方方正正,遗世独立,孑然仃立在海滩上,寓意将书与海相连,像喧嚣都市外寂寞的灵魂使者。路过阿那亚礼堂,造型是洁白无瑕的风帆,又像硕大无朋的贝壳,与海近在咫尺,海天、礼堂、沙滩遥相呼应,蓝、白、黄三色共生,周围有人在走动,许多年轻女孩身着洁白婚纱,像鸟一样,笑容在脸上"飞翔"。最终,一轮红日穿云破雾,刺破人间一切苦难,冉冉升起在浩瀚的大海之上。那一刻,她笑了,笑容纯净得像个孩子。

因为惦记孩子,我们与老萧短暂碰头之后匆匆作别。老萧在太原了解到我的困扰之后,回深圳思索良久,关于公众号有了一个新想法,我觉得不错,可以一试。

回太原的当天晚上,孩子和我妈已经睡了。她和我冲过澡,在主卧相拥而眠。因为旅途劳累,不知不觉我就进入了梦乡，恍惚中，却被一阵啜泣声惊醒。我睡眼朦胧，拍了拍她问：怎么了？做噩梦了吗？她忽然就坐了起来，轮廓嵌在浓浓的夜色里，带着哭腔说：徐海，你对我说实话，我是不是……得了绝症？

我心里一紧，睡意像鸟群受惊一样一哄而散，便也坐起，打开床头灯看她，拭去她的泪，环住她的肩说：你瞎想什么呢？她仍在哭，哽咽着说：一个头疼，两个多月治不好，也查不出原因。那天，李主任私下跟你说什么了？是不是说我没几天了，让你带我该吃吃，该玩玩……

我把她拥入怀中，抱得紧紧的。我说：你真的不要乱想，没有的事。她哭着哭着，忽然笑了，从我怀里挣脱，眼睛亮晶晶的看着我说：没事，你说实话吧，我能承受。我这辈子，知足了。小时候兄弟姐妹多，家里穷，我是老三，又是个女孩，不被喜欢，从小被寄养在外婆家。外婆总是骂我，给舅舅家孩子糖果吃，给他们买帆船玩具；我却什么都没有，只有干活。我根本不奢望糖果和玩具，我只求我干活不要被骂就谢天谢地了。我从六岁起就帮她干活，扫地、擦桌子、洗碗、倒垃圾、什么都干，她却骂我干得不好，咒我下辈子转生成畜生，长上一身毛……我那么小，天天哭，天天晚上躲在被窝里哭，直到后来我遇见了你，你说我好，我才知道自己原来也不是那么不堪，原来我也有美的一面。

你刚认识我时，夸我文静，其实我是内向。你对我好，我很感动，我们去了外地，摆脱了原生家庭的阴影，我的性格都开朗起来。后来我们有了孩子,虽然辛苦,但我宁愿一个人带,因为小时候的成长环境,我一直不太会和人相处,我怕和你妈相处不好。在北京、在深圳时、甚至在福州孩子最小最累那段时间里,我都没有不快乐。但是回到太原以后,我老家的人老是来咱家,总是唤醒我小时候的痛苦记忆。我本以为我已经强大到可以抵抗住过往的影响,但我好像没有想象的那么强大。

还有,你一个人去北京时,回家少,但我们还经常视频说话;后来公司解散了,你回家做公众号,本以为交流可以更多,不料你却越来越忙,还抽烟,最后甚至都搬到书房睡去了。我觉得我们还不如合租的室友,室友还能一起说说话,而你呢?我跟你说话你经常只会说嗯,你说嗯的时候,你真的听我说什么了吗……假如我小时候的不被喜欢是地狱,你对我的喜欢就是天堂,是你把我从地狱带到了天堂,当我习惯天堂以后,你却在我的世界里好像消失了,我又回到了小时候。

最近一段时间,你愿意放下工作陪我,还戒了烟,我们一起去黄山看迎客松;一起去秦皇岛看海。我跟你说话时,你又认真听了,我就感觉,消失了的那个你,又回来了。我又找到了天堂的感觉;我就感觉,我死也值了。

现在,我说了这么多,你可以跟我说:那天,李主任跟你说了什么了吗?

五

　　我感到异常震惊。在我们不知道的世界里，原来每个人都是一座密林。林外人看林，总以为草木葱茏，鸟兽成群，姹紫嫣红，一切都美丽得很。殊不知，密林深处，在你看不见的内里，是你从来不曾见过的熊熊燃烧的火焰。

　　我紧紧握住了她的手，她的手很凉。我劝她躺到被窝里后才说道：其实李主任那天支开你去取药，私下跟我说的是，他怀疑你的头疼跟精神有关，问我你的睡眠怎么样，我说睡眠很好，只是好久不做梦了。他松了口气说，那就不是抑郁症，不用担心。人类的很多疾病，现代医学仍然不能全部治疗，这很正常，不过也没事，许多病与其说是治好的，不如说是养好的，三分治七分养，主要在养。他让我多带你出去转转，旅旅游，购购物，也可以给你找点事情干，让你保持心情愉悦……

　　我妈回去一周后，我们的公众号正式开始团队化运营，由老萧总控，又孵化了三个小号，组成公众号矩阵集中向外推；同步又启动了衍生项目，把公众号的文字内容转成短视频，在各大平台发布。这样一来，成本剧增，我收入因此减少了一些；但我只做文字审核，时间宽松不少，可以有时间陪她，也有时间接送孩子，做做家务了。

　　我买了一台进口SUV汽车，方便接送她去一家大学的播音进修班上下课。每逢周末，还带她和孩子出去到处玩。比如南边的植物园、晋阳湖；北边的动物园、崛围山，再远一点的方特世界、孔雀小镇，她和孩子都喜欢。渐渐的，我们都越来越喜欢太原这座美丽的城市。想吃海底捞，这里有；想去万达，这里有；想吃面和山西菜，这里多的是；想吃宵夜，倒是没那么多。不过经过一段时间的适应，反倒因此养成了早睡早起的习惯，每天早早起来，下楼跑两圈，跑完又去游泳，游完泳再看稿子，神清气爽，一整天都活力无限。

到冬天时，我和她商量，拿出一部分存款，又买了一套房子，准备给她以后做播音室用。新房在太原市北边，依山傍水，步行只需要十几分钟，就能到达汾河边上。河边也有个"半岛"，除了花草树木不同，其他都酷似深圳时那座，而且也没名字，我们和儿子一商量，便也叫它海格兰半岛。这座半岛的名字，就是我们一家三口的名字之"和"。我们知道，无论走到哪里，只要一家人在一起，一切就都会好起来。

过年时，刮了好几天大风，鹅毛大雪随风落下，太原城粉雕玉砌，仿佛又变回古晋阳城，满眼山川壮丽，如在梦境中；我们的海格兰半岛也披上白纱，汾河结了冰，阳光下晶莹剔透，如玉如钻。我们打一场雪仗，酣畅淋漓，孩子说像到了童话世界。

我穿着短袖，躲在暖气充沛的家里和老萧视频，老萧在深圳裹着羽绒服仍瑟瑟发抖，看我这样，很嫉妒地说：你这么爽，不行，我和我弟也要去太原买房子！

年后雪消，我和她带着儿子，回了趟老家。去了我家，也去了她家。她姐姐建议她顺路去给外婆上一炷香，她没去，还哭了一场。我们离开老家的时候，车里满载着亲人们送的小米、红枣、糕面。回到太原，她忽然说：其实离亲人近也挺好的。

  开学以后的一个周末，我们又去海格兰半岛玩，发现河面上不少水鸟。除了常见的那些，竟然还有三只海鸥。儿子徐格，忽然惊叫起来：你们看，那只好像是小小格哦！我说不会吧？你叫一下试试！这时他的妈妈李慧兰女士，对着我笑了笑说：我最近又开始做梦了，昨天晚上，我梦见我和我外婆，在晋阳湖上坐帆船。

黑　戳

一

2017年一个春日的下午，我因打抱不平，得罪了一位小有名气的女明星。第二天清晨，我像往常一样赶到片场，领导正在吃早饭，抹着一嘴肥油对我说：回吧，李却，你被开除了。我知道后果严重，但没想到这么快、这么坏，转身离开，心里盘算着要不要去找导演求个情，忽然听到身后又有一个人被开除的声音。

这人叫陈烟，和我一样是个跑龙套的。头天下午，我就是为她打抱不平得罪了女明星。

走出片场，陈烟说要请我吃饭，这时邓小鞋打电话来，我就通着电话，向陈烟摆了摆手。邓小鞋声音很低，像是在办公室偷着打，她说这个月那个没来，可能是怀孕了，担心得一宿没睡。我很烦躁，让她别自己琢磨，去医院查一查再说。刚挂掉，我妈又打来，聊得很不愉快，我匆匆说了几句，就以我要开车为由挂了。

停车场在一片废弃的工地，属于临时划出的停车区域，杂乱无章,地表泛着新绿,偶有野花。我掏出钥匙,打开车门,猛然发现身后有个人影,回头一看,还是陈烟。

陈烟身高约有一米六八,比我低半头,短发白脸,体形高挑,鼻翼两侧长着几粒咖啡色的雀斑,上身着宽格子衬衫,下身穿蓝色牛仔裤,打扮有些像学生。她说:李哥,不好意思啊,连累了你,要不我请你捏脚?我说:大清早的,捏啥脚?你跑龙套赚钱很多吗?

陈烟低着头,咬着嘴唇,焗成了亚麻色的短发,在阳光照耀下,仿佛像一团火。停车场上不时有蝴蝶翩跹,时不时还有车进车出,我问陈烟住哪,需不需要捎她一段。她兴奋地说:李哥,这车很贵吧?我说:也就一百多万,她说:哇塞,真是太感谢了,把我放到最近的地铁站就好。

我点了根烟,招呼她上车,问她是不是北电(北京电影学院)的。她拘谨地坐了后座,含含糊糊说:我们学校在北四环。我启动了车,把烟屁股扔向窗外,扭头说:你别担心,昨天那钱不用还,我就当多做了一次慈善。陈烟愣了愣,说:李哥,数目不小,这肯定是要还的,我也没别的意思,就是想给你介绍个人。

到了晚上,落日还在西山摇着金尾,陈烟约的人到了,开始是吃饭,喝酒,后来又去知交会所捏脚。知交会所我很熟,老板姓俞,是一位卷发少妇,见我带人去,很是热情,特意安排了二楼光线最好的房间。店里的音响中放着流行歌曲:让我掉下眼泪的,不止昨夜的酒,让我依依不舍的,不止你的温柔。三名美女十分温柔，穿着红色制服，不断在我们脚边忙活，为我和陈烟、郑导揉肩抻臂，捞脚擦脚，上油抹油，拍打揉捏。

郑导叫郑鲁男，陈烟的大学师哥，个儿不高，啤酒肚，留着小辫子，自称现在负责一个网剧，正为男二号人选发愁。

陈烟就说：师哥别愁，这不是现成的吗？她指了指我。

郑鲁男扶了扶眼镜，说：形象不太匹配，男二是温婉型的，哭戏很多，跟男一之间有很多对手戏……男一？早就定了，任险峰！别对外说啊，他也是带资进组！

陈烟说：哭戏好啊，李哥最擅长演哭戏了，他有个绰号叫"感动盒饭"，意思是哪怕一盒盒饭听了都会被感动。

郑鲁男说：是吗，哭一个看看？

我说：嗨，没有情境，哭不出来。

郑鲁男说：你这不行啊，没有情境可以幻想嘛，比如，你就想你妈死了……

我说：你妈才死了，怎么说话呢？

他说：不是，我这不是打个比方嘛。

我说：算了，我对你这个网剧没什么兴趣，我也不想当什么男二号。捏完没，没捏完你们慢慢捏，我先撤了。

这时我姐打电话来，我看也不是说话的时候，就没接。没想到郑鲁男眼珠一转，忽然也穿鞋站起来，说：兄弟，借一步说话。我说：干啥？他说：随便找个茶馆，僻静点的。陈烟一跃而起，说：我知道一个，就在附近，不远。

说是不远,其实也打了车。到了茶馆,已是深夜,郑鲁男开了个西北角的包间,左右都是假山流水,人迹罕至,隐蔽性很好。一进门,郑鲁男就把窗和门都关了,说:都是自己人,我就开门见山了,外人至少这个价,熟人嘛,打九折。我看他竖起两根手指,问:啥意思。他挤了挤小眼睛,压低声音说:男二号,九折,十八万。我感觉有些不对,看了看陈烟,她只顾喝着杯里的龙井茶,玻璃杯冒着白气,绿叶在水中飘摇。我说:郑导,你意思是让我也带资进组?郑导说:不是说了吗,自己人,用不着那样,带资进组是对公,怎么也得百万起,咱们私下合作,就便宜很多。我说:现在都反腐败,知道你不是公务人员,但也不敢这么收钱吧?

这你放心!噗,郑鲁男端起一杯滚烫的茶水,直接泼到了自己左臂。我看着他龇牙咧嘴,十分惊愕,问这是什么操作,他说:啊,你等着,明天我就到医院开一堆报告出来,到时你打钱给我,我给你开个收据,就说是烫伤治疗费。我说意思是我烫伤了你?他说啊,这样就没风险了。我说:这不是造假吗?他说:啊,这算啥,制度是死的,人是活的嘛。我说:好吧,办法不错,但是我真不想当什么男二号。他说:啊,这你就没意思了,你看我烫都烫了,说实话,也不贵,别人想要这机会还没有呢,不信你问陈烟。陈烟这会儿看我了,可能因为喝了茶,脸蛋红扑扑的,眼神躲闪,嘴上说:就是就是。

其实我演戏就是玩票,什么男二号男一号,对我来说,真不在乎。郑鲁男说自己黑白两道通吃，我感觉他讹上我了，为了尽快脱身，便虚与委蛇，口头答应他考虑打钱，他给了我个卡号，我得以解脱，打了个车回家。

上车后我心里郁闷，手机搜了些法律知识，又打电话问了几个懂法的熟人，有的说报警吧；有的说这种事不用理；有的说宁得罪君子不得罪小人；有的说你又不差钱，不如破财免灾，没准真的因为这一角色火了。有一个初中同学，是跑法治的记者，直言不讳地说：你是不是在哪儿露富了，怎么听着像被做局，钓凯子你听过吗？我心里一跳，想起头天为陈烟一掷二万余金，早晨陈烟问我车贵不贵时，我又轻描淡写说：也就一百多万……晚上陈烟就给我介绍郑鲁男，郑鲁男一张嘴就要钱。难道真被人钓了凯子？闽南话里，凯子可是傻子的意思。

我打电话给陈烟，没接。过了有十几分钟，才发来微信：刚才在洗澡。我感觉她一定有问题。洗澡？和谁洗？没准正和郑鲁男一起密谋分赃呢。

我恨得直咬牙，心里火烧火燎的，像点了一座兵工厂。点开陈烟的微信头像，我打了两行文字，语言极其刻薄，将她和妲己、吕雉、潘金莲等并列，称之为"史上四大毒妇"，临发送前，忽然感觉这样办事很没意思，于是就全部删掉了。此时的士正路过香格里拉酒店，我便临时起意，微信发了个位置，又加了句：有事，速到这个酒店找我。

大约两小时后，时针迈向十二点半，我刚走出酒店大门，这时手机响了,我以为是陈烟,没看就摁了;又响,一看,是我姐,猛然想起忘了给她回电话。

一接通我姐就说:怎么一直不接电话?快回来,咱妈不行了!我说:啥?怎么不行了?我姐急促地说:电话里说不清,反正你快回来!我脑袋里轰地一声,身体却直撞到了门口的保安,保安扶起我,说:没事吧先生?我说:没事,能帮我买张火车票吗?

二

我到北京十年了,梦里最常出现的,还是儿时生活的土地,那个叫作故乡的地方,纵使千沟万壑、黄土裸露,甚至黄土之上还有一个形似黑戳的存在,却依然令我心疼,令我牵挂;但我不曾梦见母亲已经十年了,我一直没有见她,直到我姐在半夜打来电话,我都不知道发生了什么。

回乡已是次日下午,远远望见我家院里开满了梨花,树枝伸出红墙,花瓣洁白无瑕,仿佛与天上的白云遥相呼应。发现小时候,院里种的是枣树,现在怎么开出了梨花呢?

在院旁停好车,发现廊门没关,我走进院子,近距离看到树上的梨花,忽觉天旋地转,全世界都仿佛在刹那间坍塌了,我的眼前突然出现一片黑暗随后便失去了意识。

当我睁开眼睛的时候,发现自己躺在炕上,额头盖着一块湿漉漉的毛巾。老家四平八稳的土炕,每次睡上去都感觉异常踏实,然而这次我却无法踏实入睡。我眼皮很重,感觉抬不起来，浑身疲软酸疼，好像所有的骨头都被人锤了一次，没有一点力气。

屋里依然是小时候的佛香味；但墙上、屋顶上的裂缝，明显更多，也更粗了。我爸胡子拉碴，眼神浑浊，坐在炕沿上抽烟，烟灰缸里，烟头堆得快要溢出来了。

我听见我姐问我爸：我妈真是意外吗？我爸说：啥意思？我姐没头没脑地说了句：是你或者是她，有区别吗？我爸像被烟呛了一下，咳嗽着说：我和她，都没有理由害你妈。我姐情绪激动，愤怒地说：难道还有不想转正的小三？我爸叹了口气，说：唉，不说了，我知道你难过，难过就哭吧，我们要尊重公安局的结论。

我姐就哭了。先是无声地啜泣，渐渐的，声音越来越大，终于放声嚎啕。

我没哭，我只是感觉很累很累，仿佛十年以来，我连一个晚上都没有睡着过似的，一骨碌翻身，我又睡了过去。

再次醒来后，天已全黑了。我姐告诉我，公安局的结论是：我妈的车祸接近自杀，她骑电动自行车过马路，完全无视飞奔而来的大货车。蝼蚁尚且偷生，何况是人。这种情况，一般来说都是受了刺激。

首要嫌疑对象是配偶，也就是我爸。经过走访，公安发现我爸确实作风随便，外面养个小三几乎是公开的秘密，他还和小三生了个儿子，但这都已经是很多年前的事了，理论上来说，不太可能成为现在的直接刺激源。

村里也有关于我妈的传闻,说她和东东爸好像有点问题。因为她老跑他们家,明着是和东东爸的媳妇秀萍关系好,暗地里还不知道搞什么幺蛾子。所谓寡妇门前是非多,我妈虽然不是寡妇,但是比寡妇也好不到哪儿去,所以多年以来,什么难听话都有。不过东东爸已经在一年前病故,自然也被排除。

接下来就查子女,查亲戚,查朋友,查通话记录。很快,我妈生前最后接通的一个号码,成为重点怀疑对象。

三

我没想到,那个号码竟是我的。

我应想到,那个号码就是我的!

记忆又回到头天上午,我刚被剧组开除,心情不好,陈烟在后面跟着,我又接到邓小鞋的电话,说她可能怀孕了,我心里很烦躁。偏偏我妈这时打电话,不知从哪儿听了什么小道消息,一接通就数落我:不要那么随便,别跟人家老婆混在一起,要学好……我一肚子气没地儿撒,就迁怒我妈:那你说说,你当年是不是人家老婆?你大白天在家那么随便,以为我不知道?我妈就哭了,哽咽着说:不是你想的那样……我最烦我妈哭,就说:挂了挂了,我要开车,我最后说一遍,我的事你别管!我妈却哭得更大声了,上气不接下气说:连你都不用我管了……那我……活着还有什么意义,死了算了……我已经不耐烦到极点,愤然说:随便!

我妈说的人家老婆，其实就是邓小鞋。

邓小鞋2016年跟我相识于网络，当时她主动加我，自称是公务员，是我粉丝。我是个群众演员，不受重视的小人物，难得有人喜欢，当然加倍珍惜。不过世道复杂，人心叵测，我多少也有些防范意识，曾试探性地问她：你说是我粉丝，那你看过我什么？她说：那多了，我最喜欢的是《大清烟云》，你在里边演了一个将军，穿着铠甲，拿着大刀，骑着高头大马，看上去可帅了。我说：帅啥呀，就是个龙套，刚喊了句冲啊，就以身殉国了。她说：龙套怎么了，现实中大多数人，不都是这个社会的龙套吗？我说：你真觉得好？她说：那可不，能把龙套演得不像龙套，那才叫本事！我觉得这个人物，你演出了哲学高度，"出师未捷身先死，长使英雄泪满襟"。绝对的，耐人寻味！我说：理解很深刻，看来真是粉丝。她说：绝对的，铁粉，我还知道你哪里人、多大岁数……怎么样，召见一下呗，满足满足小女子见大明星的愿望！我被她奉承得飘飘欲仙，晕晕乎乎就答应下来。

见面才发现，邓小鞋个儿不高，长得嘴大脸宽，腚如满月，尤其前面，像挂着两只甜瓜，走起路来一跳一跳，娉娉袅袅，风情万种。她酒量极好，性格洒脱，第一次见面，她笑着说：以后叫我邓小鞋。我说：有点意思，好记，但有什么寓意？她面泛红晕，笑而不语，让我自己体会。我上网查了查，怀疑这雅号源于一则荤段子。但是此女确实豪放，经常约我就一句话：某某路某某酒店某某房间，静候佳音。

邓小鞋已婚的事，我是和她交往了一年多之后，才偶然发现的。当时我就跟她说：咱俩到此为止！邓小鞋就笑：毛，你个假正经，现在都什么年代了，你还这么土鳖？她一条腿把我压住，说你想怎么地吧？你要是敢娶我，我就敢离婚！我心想这女的太乱，哪敢娶她。她见我拒绝，也不意外，一转身，一扭腰，又根本不在意我的反感，隔三岔五还来勾搭我。

久而久之，我跟邓小鞋关系微妙，但确实越来越熟。以前我只知道她在我老家生活过，以及她的父亲曾经是一名矿工。后来，我还知道了一些细节，比如他父亲因为事故重伤，却只获赔五万元，她妈妈一个人扛起了养家重担，带他们回了四川，硬是靠着捡破烂、收废品，把她和妹妹拉扯成人。她知道我在北京有房有车，还知道我不太在乎钱。

我在回乡的火车上时，这女人曾再次致电给我，电话里说：查了，真怀了。我说：怎么会，咱们那么小心，不会是你老公的吧？邓小鞋说：毛，我和他一起这么多年从来没什么避孕措施，要怀早怀了。邓小鞋婆婆妈妈地又说了一大堆，大意是说她体质特殊，医生说药流有风险……我说信号不好，你直接说要多少吧，她说一共算下来两万出头，你给两万就行。我挂了电话，支付宝转给她两万，上了个厕所，心里很不是滋味。

四

然而，更不是滋味的还在后头。我的老家，曾经辉煌过，但自从煤被挖空后，村子满目疮痍，很多房子被荒废了，因为年轻人都去了外地，结婚后也不回来，喜事都时兴在城里的大酒店办。而只有白事才在村子里办，因为城里墓地贵，老人又讲究叶落归根，才会选择在故乡操办。

孤寂的村庄，又一次迎来久违的喧闹，竟是因为有人长逝。

在我家的院里院外，花圈摆得到处都是。隔壁的旧小学荒败不堪，操场深处有个大戏台，年久失修，但勉强能凑合用，我爸就请了当地最有名的晋剧团唱了三天。戏唱起来时，我去台下找舅舅，碰到我爸也带朋友过去，这时台上一个黑衣人正唱：我常年在外归家少，家中事靠李氏她一人操劳。一回头，不经意间，我看见我爸的后背，像海浪一般耸动不休。

除了戏，我爸还请了白事先生，负责主持祭奠。祭奠分三部分，分别为早奠、午奠、晚奠，其中以午奠最为盛大，从亡者的亲朋、亡者家属的亲朋、街坊邻居……一直到孝子祭拜，流程要达二十道之多。

祭奠那天，灵柩已于头天下午移到灵棚，纯白的灵棚两侧，贴副挽联，上联写着：几十年春秋岁月生儿育女含辛茹苦，下联写着：一辈子勤俭节约相夫教子贤良淑德。横批：永垂不朽。灵棚里，我妈的灵柩被黄纸和白麻覆盖，正前方放张木桌，桌上立着我妈的遗像和祭奠的用品、供品。

午奠开始，我爸一身素服，在灵棚口正襟危坐，面朝我们。我和姐姐跪在灵前,披麻戴孝,后背贴着麻纸,上面竖着写:哀哀吾母,生我劬劳,欲报深恩,昊天罔极。这四列大字,据说出自《诗经》。千百年来,同样的悲痛连绵不绝。

吃完流水席,亲朋以我们为圆心,围成一个"品"字。院里都是烧纸和酒的味道,有些呛人,让人想起煤矿兴盛时,空气中飘浮的煤烟味。我和我姐跪在地上涕泗滂沱,四周人声嘈杂。

我低着头,听见身后一个苍老的声音说:煤矿关了这么久,他家这窑洞反而裂得厉害,快不能住了。我叔的声音响起,和我爸一样鼻音重,只是更薄一点:是了,已经让我们老大填了移民搬迁申请表。然后接下来是我婶子,有点沙哑的女声:年年都填,也晓不得甚时候能解决,地种不了,人都跑到城里打工了!又一个说两句就咳嗽一下的声音:院里这两棵枣树,还是玉凤栽的吧?咳咳,树倒比人有福了。还是那个苍老的声音:看着像"公"枣树。我叔说:就是"公"枣树,听我嫂子说,栽的时候没注意,长大结果了,枣小,还酸,才知道是"公"枣树。她本来要种"母"枣树的,说是"母"枣树结的枣大、甜,寓意好。几个人又在叹气,感叹玉凤命不好。苍老的声音又说:她那天骑电动车去做什么?我婶子说:好像说是去找秀萍,咦,秀萍今天咋没看见?另一个女声说:最恓惶的是没抱上孙子。我叔说:李却太挑了。一个年轻人的声音说:李却有女朋友了,我在北京见过,我还跟他妈说,想让她高兴高兴,没想到……

我想起来了,最后说话的是我一个小学同学。有次我和邓小鞋去酒店,恰巧遇到他,才知道他在酒店干前台。后来过节,邓小鞋也是不讲究,又带老公去,我这同学就幸灾乐祸说我戴绿帽了,我心情复杂地怼他:谁给谁戴还不一定,那是人家老婆!显然我妈的小道消息来自他,然而此刻,再追究这些已经没有意义。

四位白事先生两人一队,肃立在灵柩两侧,面向我们,起承转合,声调拖得像利剑一样长,一会儿喊"醒——",我们便起立,一会儿喊"拜——",我们便跪下,一会儿喊"平身——",我们便长立,一会儿又喊"俯伏——",我们便磕头。胡子最白的老白事先生,戴着老花镜,用短短半小时的祭文概括了我妈的一生,他唱一段,吹鼓手吹一段。我妈生前爱唱的《走西口》,通过铜唢呐吹出来,陌生而高亢,别有一番滋味,仿佛孤身跋涉在苍茫的冰雪大漠之中,辽远而悲怆。

我伏在只铺着一层薄垫的石板地上,膝盖生疼。先生唱,"长歌当哭,泪若泉涌";先生唱,"心香三炷,哀祭先母"。先生唱,"在天有灵,得其来飨";先生又唱,"呜呼哀哉,伏维尚飨"。往事如刀,一刀又一刀,无比精准地划在我的心头,我痛不可当,几欲昏厥,蓦然看见我爸低着头,黑裤子上落了两条白鼻涕,长长的,恍若两段快被烧完的回忆。刹那间,我的世界电闪雷鸣,暴雨般的泪水倾巢而出,将我像水坑一样迅速淹没。

五

黄昏像鸽群飞抵人间,郑鲁男来电问我钱咋样了,我尚沉浸在午奠的悲痛里无法自拔,就很冲地说:你这张乌鸦嘴,信不信我报警?

他打着哈哈说,有事好商量嘛,公安局我也认识人。我大声吼道:我说了我对男二号没兴趣!说实话,我根本就不指着演戏出人头地!他粗鲁地打断我,说:不会吧,那你辛辛苦苦演戏,图啥呢?我说:人生就像一场潜水,总得浮出水面透口气,有人爱喝酒,有人爱搭讪,有人爱打麻将,有人离不开烟,而我的那口气,就是演戏,就是跑龙套,你懂吗?

他说:什么乱七八糟的,跟你说啊,陈烟昨天跑我办公室来了,大闹一场,把我的招财猫都砸了,你俩是不是吵架了?我说:分明是你们吵架,跟我有什么关系?是不是分赃不均啊?

郑鲁男大骂:分个屁!那天茶馆出来,陈烟还找过我,说郑哥,你看人是我介绍的,你这样我怎么做人,要不那钱你别要了,我陪你……我说:呵呵,她果然去找你了,还骗我说是洗澡,继续,双簧演得不错。郑鲁男急了:骗你我死一户口本!不瞒你,陈烟虽然有雀斑,但是看着还成,我要不是嫌这样太不值,嘿嘿……

我打断他说:你跟我说这个啥意思?郑鲁男说:你老实

说，是不是你俩做的局？她是你女朋友，我就不信……我说：你想多了，陈烟真不是我女朋友，我跟她只是……郑鲁男说：别给我演了，她要不是你女朋友，找我这样那样又说情的，图个啥呢？我说你别把陈烟跟我扯一块儿，照你这么说，那你还是他师兄呢，你这么做，不怕她在学校坏你名声？

郑鲁男哈哈笑了，说：实话告诉你，她根本不是我师妹，她是我母校旁边店里的洗脚妹！你也不想想，如果真是我学妹，还用在剧组跑个屁龙套？

我大惊，说：那她为什么要骗我？郑鲁男说：那得问她，提醒你，钱再不打过来，嘿嘿……我被他说得云山雾罩，脑中一团乱麻，就先稳住他说：保险起见，还是给现金比较好！他高兴起来，说兄弟你想得真周到，那咱们约个地方吧，我做东。

我说哥，我在老家，我妈去世了。他过了一会儿才说：不好意思，我真不是故意的，节哀顺变，哪天回来？我说：办完事就回。他说：那我等你，别耍花样，黑白两道我可都有朋友。我说：记得呢。挂断电话后我想给陈烟发微信，没想到她已把我拉黑。重新加了几次，都没通过。我给她打电话，提示"暂时无法接通"。我把微信里写好的内容，复制至短信发去。良久，她才回了几个字，内容答非所问：我已不欠你了。

我想起那天，在香格里拉酒店，我让司机提前停了车，我下去开了个大床房。半个多小时后，陈烟到了，手里提个蓝挎包，身上散发着迷迭香的味道，十分好闻，我看着她纤细修长的身体，在裙子包裹下若隐若现，一进门就环住了她。她掰开我的手，从包里摸出一张卡，说：李哥，这里是八千块，你先拿着，剩下两万我有了就还你！我接过卡，看了看，又塞回她包里，说反正郑鲁男还会分你钱，到时一起给呗。陈烟急了：说什么呢！我找他，纯粹为了帮你，十八万真不贵……

我伸出食指堵住她的嘴，另一只手放她肩上说：陈烟，我喜欢你，做我女朋友吧！陈烟不相信地看着我，像条美人鱼一样挣扎着说：你开……开什么玩笑？我说：真的，你长得漂亮，人又善良，剧组那么多人，只有你，从来没喊过我"干饭"，我喜欢你好久了，不然，你以为我给谁都出头啊？陈烟羞红着脸，眸子里涌上一层银色的感动，低下了头。

事毕，陈烟还沉浸在朦胧的幸福里，我说，不好意思，我得走了。她满脸不解，有些娇羞地问我去哪，我心软了片刻，最后还是硬起心肠说：我不喜欢你了，我们分手吧。陈烟一下子坐起来，笑着说：你开什么玩笑，又往近凑了凑，想摸我的脸，我一把打开她的手，冷若冰霜说：你脸上这么多雀斑，我都快吐了！还和人一起算计我，呸！

后来我走出酒店，就接到了我姐的电话。如今想来，我对陈烟，是不是真的太过分了？万一郑鲁男说的都是真的呢？我心里的懊悔如台风过境，翻江倒海。

六

夜幕将黄昏吞没,灵堂里灯火阑珊,有风穿过。黄土高原的春夜,气温不高,我在院里守灵,没带厚衣服,又不愿穿我爸的军大衣,就从伙房里拿了瓶红盖汾酒,边喝边和我姐聊天。我姐说我妈最遗憾的事,是没看到我结婚生子。

我喝了口酒,又掏出一根烟,捏了捏里面的"爆珠"说:我这辈子都不结婚。我姐说:净瞎说。我没反驳,摸出打火机点烟,火却被风扑灭了。我姐说:别抽了,咱妈不想看你这样。我说:你还信这个?把手屈成盾牌状,挡着风点好,我抽了一口说:像你一样随便结,结了再离,不是更麻烦?

我姐脸色一变,说:你怎么知道?

这几天心情晦暗,食欲很差,一直没怎么吃饭,刚喝几口,就感觉有些上头,我拍了拍头,强打精神说:记得我给你的感冒药吗,我在城里下了火车,去新门苑开车,门口的药店搞活动,我在里面碰到了姐夫。

新门苑有我家一套房,是我爸给我妈买的,但我妈一直没住,上初中时我和姐姐隔三差五去。后来,我去了省城,又去了北京,很少回来,就只有我姐去住。我姐结婚后,房子又空下来,地库里放着我爸给我的一台豪华汽车,我平时不在,我姐有时帮我保养清洁。

我姐目光闪烁了一下,试探着问:那说啥了?

我的脑袋愈加沉重,上下眼皮就像两个一见钟情的人,一直在跃跃欲试往近凑。恍惚间,我看见自己站了起来,轻飘飘的,视线迷离,一切都像在云里雾里。

我走在我姐面前说:其实我觉得姐夫不错,好端端的,离啥婚呢?

我姐的脸像投在水里的倒影,在我面前晃啊晃,一会儿是她自己;一会儿又晃成了我妈年轻时的样子。她压低了声音说:嘘,你听,谁在哭?我侧着耳朵听了听,握住她的手。她的手像冰块一样凉。我说:你别怕,有我呢!

确有哭声,且越来越近。终于,哭声停了,外面响起一阵突兀的敲门声。我拿了把铁锹,慢慢靠近,打开廊门。

她白天没出现,此刻却跪在灵前,拨弄着纸钱,号啕大哭,边哭边说:玉凤,我白天就要来,东东看得紧,不让来。现在他们都睡了,我就偷跑过来,送送你!

我说:地上凉,别跪了。她说:我想跟你说件事。我请她坐,她不坐,跪着说:

忘了是哪一年,暖天,放暑假的时候,电视上都在放《还珠格格》,主题曲连我家东东都会唱:海可枯石可烂天可崩地可裂我们肩并着肩手牵着手。有一天,我一个人在家,半夜睡不着,想着马上要雨季了,玉米地里的草得赶紧锄,就早起了两个小时下地干活。还没到坝上,远远地,听见有人在嚎,声音很大,好像在我家地里。

我这个人,胆子比较大,也不怕她,就想走近看看是谁。大半夜在地里号,那一定是遇到了啥难处,不想叫人晓得。那晚没有月亮,我到了坝上,手电筒一晃,原来那个人不在我家地里,在你家地里。你家的玉米地,跟我家的紧挨着。

我一看,那不是你妈还能是谁?我就问她怎么了,她不肯说。

后来下雨了,她没带伞,我带了。她淋了雨,我就把她带回家,拿我的干衣服给她换。我对天发誓,保证不跟别人说,她才告诉我,说你爸有钱就变了,很随便,外面有人了。我说不行就离婚嘛,你半夜去那儿嚎有啥用?她说我要脸,不想被人笑话,再说还有孩子,离了婚肯定被后妈磕打!

人们说你妈和我家东东爸的闲话,其实是不可能的。你们晓得不,我家东东是抱养的。我家东东爸,他根本就不行,年轻时在外面打工,让我跟着去住一年,再回来,就说东东是我生的。男人嘛,都要面子,现在他也死了,我就跟你们说说。

我和你妈,同病相怜,说起来都有男人,却都在守活寡。

夜深人静,风从四面八方涌来,我妈的灵堂前烟雾飘飞,白幡乱舞,秀萍姨跪在灵前,影子近似梯形,盖在地上,又黑又重,像一个戳子。我想起来,是有一年暑假,我妈每天天不亮就起床,问她,她回答说是去地里,但我和姐姐很是疑惑:天那么黑,我妈锄地,能分得清哪些是玉米,哪些是杂草吗?

我正想着,她忽然站起来,对我说:2007年,你妈知道你回来过。我们在你家,都怪我,忘了关这个廊门。后来,你妈在院里发现了你的弹弓,想跟你解释,一直没想好怎么说,现在她走了,我再不说出来,就没人知道了。

她走之后,我肺里的空气都像被抽空了,呼吸粗重,头昏眼花,还有些恶心,想吐却吐不出来。恍惚间,我又看见了那把弹弓,看见了不堪回首的曾经。

它曾是爱的见证,父母亲手为我而做,多少年来与我形影不离。后来我去城里上学后,除了语文,其他课目都学得很差,还经常报复性地跟我爸要钱,一拿到钱就带着一帮狐朋狗友鬼混,歌舞升平,彻夜不归,网吧包场请全班同学玩的事儿也不止干过一次。最堕落时,一度迷上赌博,挥金如土,幸亏在沾上毒品的边缘时,被我爸及时发现阻止,这才辗转到省城,换了个环境。

在省城那家军事化管理的武校,我没学到多少本事,但隔绝了以往的圈子,吃得多,睡得好,每天还有三千米固定长跑,慢慢地,生活规律,人就恢复了精神。但我实在不喜欢在武校上学,跟我爸软磨硬泡,信誓旦旦地保证,一定洗心革面重新做人,他才又送我到另 所较为宽松的艺校。

2007年夏天,我已在这所艺校混了一年,有一天学校停电,连周末一起,放假三天,我没告诉我妈,想给她个惊喜,不料兴高采烈地回去,却在廊门虚掩的院子里受到了惊吓,手中弹弓轰然坠地,我就像撞见了鬼,在烈日下被吓得冷汗直流。逃命般回到学校的当天下午,就又和同学干了一架。校长忍无可忍,将我开除,我连东西都没收拾,就走出了学校。当时下了一场大雨,草木都被淋湿,路上都是积水,所有的行人都在狂奔,而我没有伞,但却未曾狂奔。我就那样慢慢地在街上晃悠,街角的咖啡店里飘来陈奕迅的歌声,他唱着:回忆是抓不到的月光,握紧就变黑暗,让虚假的背影消失于晴朗。风狂怒着,大雨无边无际,我被淋得浑身没有一寸干地。

　　这之后,我没有接受我爸再换一所学校的建议。多年以来,换汤不换药的苟且生活,我已厌倦。十七岁,我人生中第一次做主,一个人跑到了千里之外的北京,远遁他乡,颠沛流离,从此再未回头。后来,我爸给我在北四环买了一套房,还在我二十岁生日时送了一辆卡宴汽车,但我依旧不快乐。直至一个偶然的机会,我发现了跑龙套的乐趣。

七

　　第二天醒来,我头痛欲裂,走路感觉像踩着两脚棉花。我姐说昨天没注意到,我竟然空腹喝了大半瓶酒,正说着话呢,忽然我就一头栽倒在地。我爸不在,她一个人费了半天劲,才把我拖回屋里。我摸着头顶的包说:秀萍姨没帮忙?是不是她走之后我才倒的?我姐一脸不解,说:什么秀萍姨?我说:你忘了?不是你说听到有人哭的吗,开门发现是秀萍姨,她说了半天话才走,睡了一觉就忘了?我姐正色道:昨晚除了咱俩,哪有其他人?我看你是醉得厉害,出现幻觉了,以后烟和酒,都得戒!

我俩正争执着,邓小鞋打来电话,说:她父亲病重,要做手术,借八万块钱。我特别烦,很冷漠地说:你最近用钱有点多啊,是不是准备跑路呢?她不悦,说:你说什么呢,我家那位靠不上,我爸得个大病真是没法子,咱们相好一场,我什么都给了你,就算是只宠物,你也不能见死不救吧?

我听她说得可怜,又想到自己的不孝,便说:打个借条,连同你爸的病历单一起拍照发我。她很痛快地答应了,借条上还主动写明了借钱数目、时间、地点,以及还款日期。我给她转完钱,不知为何,心里空落落的,不是滋味。

荒村的早晨,风很大,纸钱飞落如雪,一大群乌鸦在灰蒙蒙的天空盘旋,我妈的灵柩缓缓移入墓穴,黄土一锹,一锹,又一锹,终于将她完全覆盖。我姐手扒新坟,哭得声嘶力竭,指甲都抠出了血,我却跪在地上,魂飞天外,像个木头人似的动弹不得,众人急忙七手八脚,将我们扶起。

下午送完最后一批亲朋,我爸说要找我们聊聊。我以为他良心发现,想要忏悔,不料他却说:有个事,可能你们也听说了。我,还有个儿子,他也是你们的弟弟,叫李挚,他现在……现在得了白血病，我和他妈配型都不成功，想请你们帮忙……

向来性情温顺的我姐气坏了，从沙发上跳起来，不由分说打断了我爸的话，说：我们还很小的时候，你就离开了这个家，你不是去给别人当丈夫了吗？你不是去给别人当爹了吗？你们一家三口享受天伦之乐的时候，想过我妈没有？想过我和李却没有？我们过得好不好？开不开心？你知道吗？你关心吗？为什么你在外面有了人，却拖着不离婚？为什么你毁了我妈的一生，毁了我，毁了李却，毁了这个家，现在还有脸来找我们帮这种忙……

我抽了张纸给她擦泪，跟我爸说：好不容易我们在别人的笑话声中长大了，你就来跟我们收"骨髓"了？你以为我们都是哪吒，愿意削骨还父？我，还有我姐，都不会去做什么"鬼"配型的！说实话，有些人就不该来到这个世界上，上天要收他，这都是报应！

我爸声音抖得像是在害怕，他说：你……你怎么能这么说？每个人的生命都值得尊重，分什么三六九等？我姐摘下眼镜，擦干泪渍又戴回去，冷笑着说：你说的可真好听。可是你想过没有，我妈刚刚入土，我们怎么可能背叛她？我爸忽然站起来，像瘸了脚的鸟一样跛行着，他嗵地一声跪在了我们面前。我和我姐都愣住了，扶他，他不起来，跪在地上，两鬓斑白，像落满白雪的一截树桩。

我爸苦笑着说：千错万错，都是我的错。我也有难处，但我确实对不起你妈,也对不起你们,我作的孽,由我承担,但是我们回不到过去,所以我只能以其他方式来弥补。我求求你们,李挚是无辜的,他才十四岁……我姐神色冷峻地说:你有什么难处?你有难处就随便找小三?我爸叹息一声,扶着墙站起来,从裤兜里摸出一把钥匙,打开大衣柜,找出一个梳妆盒。

我和我姐都很好奇,围上去,想看看我妈长年锁着的这个盒子里,到底藏着什么宝贝。我爸把它轻轻打开,找出一个墨绿色小本,封面上印着:离婚证!

我姐拨弄盒子,发现里面有把弹弓,拿起来给我,说这不是你的宝贝吗,怎么在这里?我接到手里,多年不见,它被照顾得很好,油光锃亮,但我一拉,它就咔地一声,断成了两截。这时看到我爸手里的东西,我姐惊问怎么回事,又说:以前是绿色的啊?自知失态,我姐掩了掩口。我爸倒没注意我姐的反常,只是黯然把离婚证打开,指着日期那儿,带我们回到了记忆的小巷:

> 我刚开矿那几年,煤价上不去,又没经验,欠了银行很多钱,还差点被合伙人坑了。1998年金融危机以后,煤炭市场更差,银行又断贷,本来就到了崩溃的边缘,2001年又出了个安全事故,死伤了两个矿工。我永远忘不了,死的那个叫陈广良,重伤的叫邓有志,包工头闹得厉害,死的要二十万,伤的也要赔十五万,不给就要

搅得我不得安宁,甚至让我蹲监狱。

我没地方贷款,更没地方借钱,有一天实在撑不下去了,心一横,就割了腕。后来,是一个女孩及时发现,她救了我。这女孩是我们一个合作方的外甥女,当时刚毕业,在我们矿上实习锻炼。看我难成那样,她千方百计帮助我,还找她舅舅借钱。

那个时候的几十万,哪那么好借。她舅舅看出了她的心思,就和我谈判,说如果我可以娶她,他帮忙找人,花十五万就能说和搞定,如果不同意,那就对不起了。

我说那不行,我老婆跟我吃了那么多苦,离婚这事我干不出来。后来你妈知道了,说我要是因为这个事进了监狱,这个家就全毁了。又说做生意本来就有风险,实在没办法,离就离吧,但你妈有个条件:不对外公开。在村里,我们还和以前一样,哪怕我经常不回家,至少在外人看来,我们还是一个完整的家。

我知道,你妈一直是个心高气傲的人,面子看得比命都重,要不是她非要我出人头地,我也不会去开什么煤矿。她这样说,我完全理解:一是为你们好,二是为我好,三是对她自己来说,总比男人坐牢,或者让人知道夫妻离婚,要体面一些。

解了燃眉之急,那女孩做了我的助理,她学经济出身,专业能力很强。2003年,我们融了资,引进来包括她舅舅在内的两个新股东,方方面面关系都处得不错起来,还开拓了海外市场。

  你们都以为她是罪人,却不知道,如果没有她,我可能早就死了,那你妈和你们……

  我又想起了守灵之夜秀萍姨说的那番话,如果那是真的,跟我爸现在所言确实有些出入;可是,我姐说那只是我的幻觉;那么,到底哪个才是真的真相?我不想冒昧去问秀萍姨。事实上,我妈去世之后,她一直没有出现;或许,她也有她的苦衷吧。

八

  离开老家时,高速封了,走另一条国道,车子路过一片黑地。我姐说:快看,那不是咱爸那个煤矿吗?我看了看说:是。想起我爸左手腕上那道狰狞的疤,于是我把车停在路边,默默抽了一根烟。

  一眼望去,昔日车水马龙的黑金宝地,现在已是一片荒芜,恍若一个从天而降的巨大黑戳,盖在黄土地做成的大纸上,仿佛老天爷安排的某种隐喻。而像这样的黑戳,一路之上,隔三岔五还会遇到,山川寂寥,断壁残垣,一直延续至回城。

  我姐去单位上班,我把车开回新门苑,在大门口又遇见一个熟人。他夹着皮包,在小区门口来回走动,像在等人。我就放下车窗说请他喝酒。他说:心意领了,下次吧。我说:

还有下次吗？他想了想说：也是，那你等我一下。他打了个电话，和我来到一家本地菜馆，也不知道是喝多了，还是故意的，他说：离婚的事你别怪姐夫，姐夫也是没办法。你说说，你也是男人，如果你娶了老婆，她一年都不让你碰两次，你说说，这日子你能过下去吗？

我回了新门苑，准备休息一会儿去坐动车，忽然有人敲门。我以为我姐回来拿东西，打开门，却看到两名警察。

我被带到了公安局。经侦大队的人说我账上有一千万不明资产，需要我配合调查。我把所有卡都掏出来说：你们搞错了，你看我所有卡都在这里，里边的钱全部加起来也就两百多万，不信可以去查！

一名高个窄肩，操着本地方言的警察说：你拿出来正好，省得我们查了。来，把这些都算上！另一名戴眼镜的胖警察把我的卡收了，一张一张登记。登记完说：你爸是不是叫李成贵？我说：是。他说：那就对了。我反应过来，说：什么？开玩笑吧，我爸给我存了一千万？他那煤矿早关了！高个警察说：你爸和他的助理，哦，听说也是小老婆，王丽铭，你知道吧？经人举报，他们涉嫌在2003年、2005年和2007年，多次巨额行贿、虚开发票、职务侵占、变相洗钱，现在人已被控制了，希望你能够配合我们，把知道的都说出来！

我爸的事，我不清楚。仅有的一点了解，还是他自己说的，也不过一鳞半爪，还不知真假。我唯一能做的，就是"吐"。把那个所谓的一千万"吐"出来；把我的存款"吐"

出来；把我的房子、车子、值钱的都"吐"出来。

九

我带着从老屋摘下来的全家福，回到北京，忽然生了一场病。主要是不能吃饭，吃的时候"风轻云淡"，吃完就"地动山摇"，一走路喉咙发痒，堵，黏，仿佛所有的鼻涕都回流到咽喉处，咽不下吐不出，干呕连天，痛苦难捱。还有就是睡不着，无论喝酒还是运动，都没用。

因为我爸涉税的问题，我找邓小鞋帮忙出主意，不料她手机不通，微信也拉黑了。我感觉很不妙，打开支付宝看了看转账记录，猛然发现，几天时间，她从我这儿连要带借，已累计拿了十万！

我气呼呼地跑到她说过的单位兴师问罪，一位戴眼镜的女士经过仔细确认，答复我说：先生，您一定是搞错了，我们单位所有部门所有人，没有一个叫邓小鞋的！

我说：哦，想起来了，她真名叫邓艺萱，麻烦您再查查。

大约一刻钟后，我再次得到肯定的答复，结果依然是：查无此人。

我自觉受了邓小鞋的骗，但却无心报警。

为了我爸的事，我绞尽脑汁，忙得焦头烂额。我在几家中介公司都挂出了房和车，看的人不少，真想购买的不多。

十几天后，北京的车和房终于出手，所得现金，我全部交了出去。

还好，这几年，我只顾着跑龙套，没有奢侈性的花费，手中还是有二十多万的现金在。

我联系郑鲁男，他很高兴，当即找了一家极其偏僻的茶馆，位于石景山区鲁谷路，算得上是远离熟人地带了。

我在包间给他现金二十万，他的胳膊早好了，心情不错地抽出两沓给我：说话算话，说好的，九折。我说：谢谢，角色没问题吧？他写了个收据，嬉皮笑脸说：放心，盗亦有道，角色我给你留着！我说：别给我，给陈烟，她是真爱演戏，我以后转行，不玩这个了！他说你想什么呢，男二号啊！我说没别的角色吗？他说真没有。我掏出两根烟，分他一根，抽了会儿说：如果让陈烟去演男二号，女扮男装，其实是个很好的噱头！郑鲁男掐了烟说：是个思路，但风险太大，我做不了主，得大老板拍板。我说：都是圈内人，不用我多说吧，成与不成，请务必保密。他说：这你放心，规矩我都懂。

第二天，郑鲁男就打来电话，说：大老板认为反串剧对演员要求太高，娱乐圈这么多年，也就火了一个《新白娘子传奇》，许仙是经典，但叶童只有一个。不过可以先找人，真有合适的也能考虑。我说：有希望就好，你加把劲啊。他说：必需的，一口唾沫一个钉，我办事，你放心！

生活就像过山车，一夜之间，我的人生降到底谷，但却并不痛苦。纸醉金迷的日子，我早过够了。但是像现在这样内心安宁，陈年芥蒂都化为融融暖意的平凡岁月，于我，才刚刚开始。旧事一笔勾销，一切都是新的了。

十

大约一个月后,天热了起来,知了们躲在树上叫个不休,我姐说她的配型结果出来了,也不匹配。我问:公安局的人找你没。她说:找了,说咱爸给我存了八百万,我问了做律师的同学,说这次老爸确实是犯了事儿,闹不好得判个十年八年……态度好点不是坏事,本来那钱也不是我的,我都上交了!

我瘦了有十斤,如果给李挚做配型,这样子不行,只好昏昏沉沉去医院挂号。医院永远人满为患,我花了半小时排队挂号,又花半小时排队问诊,最后进了诊疗室,身穿白大褂、戴副无框眼镜的老太太,花一分钟就把我打发了。她给我一张单子,让我先验血。

我拿着单子又花半小时排队交费、排队抽血,抽完再等一小时拿到结果,又排半小时去找老太太。老太太把化验单拿手里,看了看,说有点发炎,躺下。我躺到那个比摇篮大不了多少的蓝色小床上,老太太持听诊器听了听,又用一根木片撬我嘴巴说:啊。我"啊"地张开嘴,她把探照灯搁我嘴上一照,说:起来吧,没啥事,慢性咽炎。

排队取药时,我发现前面隔着俩人,有一个背影十分眼熟。我喊了声邓艺萱,那人一回头,不是。我很失望,无精打采地继续排队。

那姑娘取完药却走过来,眼神狐疑地问:你是谁?找我姐什么事？我一听是她妹，便谎称是邓艺萱同学，假模假式地问邓艺萱生了什么病，姑娘眼里亮了一下，说：同学？你也是四川的喽？我姐没生病，是我爸病了！

我假装关心，嘘寒问暖：叔叔什么病？我去看看老人家！姑娘笑了笑，一脸她什么没见过的表情说道：我爸刚从我姐身上换了个肾，恢复得不错，你如果想见我姐，就跟我去住院部吧！

我拎起我的药袋子，跟着她穿过拥挤的大厅，穿过曲折的楼道，穿过连廊，走了很远很远，最后坐电梯上了十一楼，来到1115号病房，门口的姓名却令我大吃一惊。

我把手机贴到耳朵上，假装接了个电话，说：不好意思啊，临时有个急事。那姑娘一脸愕然，我一溜烟跑出了医院。

十一

时间一天天过去，郑鲁男退的两万，加上我自己留的一万多，越花越少，卡上变成两万五，两万，又变成一万，八千，六千……我从星级宾馆挪到连锁酒店，最后又换到青年旅舍，饮食方面也今非昔比，以前吃饭从来不看价格，现在买瓶水都拣最便宜的。

因为性格原因，我没什么朋友。打了个电话问跑法治的记者同学，他说报社现在不景气，连保安、清洁工都不雇了。我又想起了父亲的朋友，打电话找父亲提拔过、我妈葬礼上还到场的一个叔叔，他在国营煤矿管一个科，说话有点儿份量，但一听说是我，一言不发就挂了。我又要打别的电话，这时郑鲁男打过来，说事情已办妥。

原来他故意先找了几名其他女演员去试镜，有的丰乳肥臀，有的妩媚妖娆，连剧组的司机都看不下去，说如果用这些女演员，出门会被臭鸡蛋砸死。正当大家几近绝望之时，郑鲁男说最后试一个。有了前面几位的反衬，胸小个高体形偏瘦的陈烟，女扮男装起来，简直就是玉树临风，英姿飒爽，演爱哭的男二号，刚刚好，几乎所有人都觉得她很合适。

陈烟的大好机会来了，我却不愿再蹚演艺圈，更不愿回老家。

像所有的普通人一样，我去求职，才发现，原来我从未真正认识这个世界。网吧、超市、快餐厅、复印店……全都露出了它们狰狞的另一面。以往的热情都变冷漠，点头哈腰变成摇头晃脑，有人嫌我年龄大；有人嫌我学历低；有人嫌我没技术；有人怪我没经验。甚至，哪怕是以往最瞧不上的小学同学那样的酒店前台，都嫌我"长得太粗犷"！

我很失落，从一家酒店面试失败出来，忽然看到一对清洁工，好像是一起跑过龙套的大爷大妈，我心里一动，想其实干个清洁工好像也不错。正在这时，一台粉色宝马，优雅地转了个圈，停在知交会所大门口。一名卷发少妇走下车来，我脑子一转，忙跑过去套近乎，俞姐再三确定我不是开玩笑后，很客气地说：李先生，我也很想帮您，但是您也知道，我们店里只招女士，真是不好意思。

我赶紧拦住她说：没事没事，男扮女装我也可以！俞姐，您知道的，我做过演员，男扮女装一点问题没有，我再给客人讲讲明星八卦，客人来了又能泡脚又能娱乐……俞姐戴着美瞳的眼珠转来转去，珠光宝气地看了我一会儿，说：你要真能吃苦，我给你介绍朋友的店吧！

十二

2018年的一个晚上，大雪落在半空里，被北风淹没。我在俞姐介绍的会所里干了一年多。这家店位于北四环，紧挨着一所大学，生意十分火爆。一位满脸横肉的徐姐，是我常客，这天店里放着歌：像谢幕的演员，眼看着灯光熄灭，来不及，再轰轰烈烈，就保留，告别的尊严，我爱你不后悔，也尊重故事结尾。她却无意欣赏这感伤的旋律，只一边享受一边问：小李啊，你这么受欢迎，一个月不少钱吧？我说：也没多少，生意好时一万出头，还没您炒房的零头多。她说：啊呀，炒房现在也不行了，你当初怎么想到干这行的？我说：我弟白血病，前段时间刚做完手术。徐姐说：哎哟，这个病老贵了，花了不少钱吧？我说：您可说对了，多亏我爸以前买了点保险……这时我手机响了。

工作期间不能接电话，半个小时后，徐姐离开，我回电话。我姐说判决下来了，咱爸判了五年，王丽铭两年。我说：李挚那边也情况稳定了，医生说再观察下没问题，下个月就可以出院了。我姐说：知道，昨天我刚看过他，对了，你现在身体咋样？我说：正常啊，没觉得有问题。

深夜吞吐着淡紫色的气息，我下班回到宿舍，躺在自己床上，像往常一样上网搜"陈烟"。一个化名"鱼田八王爷"的网友，爆料说，"某姓小花，靠反串走红，刚得了个年度新人奖，就耍大牌！小姐姐，不要这样子，花钱买角什么的了解一下？"评论里，已有人猜测是陈烟。我一看，"鱼田"不就是"鲁男"两字的上半边吗？于是我给郑鲁男打电话，他不接，后来接通了，说在开会，晚点联系。

我等了一宿没消息，知道被郑鲁男耍了。第二天便请一位女同事，改用其他号码打，佯称看到网上招演员，想去面试，郑鲁男估计觉得声音很甜，马上说：欢迎欢迎，地址我发给你。我跟女同事要到地址，不顾外面大雪茫茫，当即跟经理请了半天假，乘坐地铁去找郑鲁男。

出站时，雪停了，路上极冷。按图索骥，郑鲁男正在会议室和一帮人讨论剧本，见我进去，茫然发问：你找谁？我说：郑导，烫伤治疗费花完了吗？郑鲁男站起来看了看我，说：是你，你来干什么？我笑了笑，提高分贝说：给钱的时候，咱不是还有个保密协定吗？郑鲁男慌了，安抚我坐下喝茶，让其他人都出去。

我没坐，看着最后一个人抱着笔记本离开，带上门，直截了当说：微博那个爆料是你干的吧？他装傻：啥爆料？我在手机上搜出来给他看，他自知搪塞不过去，说：我只是想敲打敲打她，你不知道，陈烟现在耍大牌，我请她客串，她都不给面子的……我突然扑过去拽他围巾，他躲开了，指着我大喊：孙子，你想干吗？我黑白两道都有朋友……

我说：去你龟孙子的黑白两道，做人要讲道理，我家里出了事，卖房卖车，最后的钱都给了你，可你这孙子却言而无信……趁他不备，我抓他裆，他猝不及防，没躲彻底，疯了一般抱着我的头，抠我眼珠，我双目剧痛，大叫放手，他也惨叫着说你先放……嘭的一声，会议室门开了，一个女声不怒自威说：都放手！你们干吗呢？

我感觉眼睛一阵轻松，便也松了手。门口的女声越来越近，说：郑导，我来就是亲自解释一下，我没耍大牌，我是真没档期！

我揉了揉依旧刺痛的双目，睁开眼却很模糊，隐隐约约，我看到陈烟的脸，近在眼前，远在天边。我说：陈烟，对不起，我……郑鲁男说：那你得给我留个档期啊，下部戏一定来！又说：孙子，你小子是属狗的啊，老子要是生不出儿子，你小子一百个十八万都赔不起！

他的手机这时忽然尖锐地响了起来，郑鲁男接起来说了几句，脸色大变，一瘸一拐地走出去。偌大的会议室里，只留下我和陈烟。我的眼睛疼痛稍缓，但看陈烟脸上还像打着马赛克，依稀见她长发白面，双唇紧闭，看不清昔日雀斑是不是还在。

陈烟身上迷迭香的味道依旧好闻，像春夜里一声叹息，又像雨后清新的回忆，我有点恍惚，又很惭愧，无法直视她雾气腾腾的双眸。还是陈烟先打破了沉默,她站在我面前,一字一顿说:李却,我恨你。

后来,我们离开会议室,乘电梯下了负二层,又坐陈烟的白色"卡宴"上了地面。郑鲁男忽然打来电话,我说:你想干吗,还想找打?他却支支吾吾,语焉不详地说:不是,那个,那个烫伤治疗费的收据,你还能找到吗?我说:那哪儿能,我房子都卖了一年多了。他紧张道:那你给我一个卡号,我把那十八万打给你。我纳闷:这还能退?郑鲁男说:赶紧的,我这儿等着呢!我一时高兴,忘了陈烟还在身边,大声说:那多不好意思,毕竟你安排了陈烟,要不给你留点儿?郑鲁男说:你小子别磨蹭了,咱俩谁跟谁,你快点,卡号发来!

发完卡号,我坐在副驾驶上,说:哎,忘了让他删微博了。陈烟却冷若冰霜地说:没事,我把他给举报了,受贿、敲诈,还天天说什么黑白两道,肯定公司有人查他,要不他会给你退钱?我说哦,干得漂亮。话犹未落,猛然发现陈烟把车开入了一条陌生的胡同。

警徽的光芒,透过亮白的积雪折射到我脸上,我一激灵,想起昔日种种,立马坐直了身子,欲问陈烟,却说不出口,仿佛旧日没有台词的跑龙套附体。窗外岁月广袤,云彩变化万千,亘古不变的太阳,照耀着这座美丽的城市,大街上的影子,鳞次栉比,被拉成一个又一个梯形,宛如无数个更加隐秘更加巨大的——黑戳。

　　林玉玉、李却、陈烟、老枪、林娜等外省青年,到北京、广州、深圳等繁华大都市打拼,意欲在这些陌生的土地上,找到自己的坐标,完善自己的灵魂,但是岁月峥嵘,沧海桑田,看似近在眼前的幸福,背后却藏着谜一样的故事漩涡。

　　10个外省青年的奋斗史、心灵史,分为"酒店故事""公关野史""贵圈往事"三部分。通过明星代笔、搭讪高手、内衣女郎,以及保险人员、报社记者、自媒体达人和创业者、演员等人们的故事,揭开了他们坚硬外表之下柔软内心的隐秘。其实,每个人心里都有一团火,不同的是,有的被浇灭了,有的则熊熊燃烧了起来。

更多精彩,请关注
北岳文艺出版社微信公众号

更多精彩,请关注
北岳文艺出版社官方抖音号

更多精彩,请关注
北岳文艺出版社天猫官方旗舰店